LES ENQUÊTES DE SETNA

*

LA TOMBE MAUDITE

LES ENQUÊTES DE SETNA

1 – La Tombe maudite

À paraître :

2 – Le Livre interdit (janvier 2015)
3 – Le Voleur d'âmes (mars 2015)
4 – Le Duel des mages (mai 2015)

Références des illustrations

Page 14 (en haut) : *Texte des Sarcophages*

Pages 14 (bas), 78, 138 et 245 : Jean-François Champollion, *Monuments de l'Égypte et de la Nubie d'après les dessins exécutés sur les lieux sous la direction de Champollion le jeune et les descriptions autographes qu'il a rédigées,* Firmin Didot frères, Paris, 1835-1845.

Pages 21 et 54 : Norman de Garis Davies, Nina M. Davies (Cummings), *The tomb of Nefer-Hotep at Thebes,* Metropolitan museum of Art, Egyptian expedition, Arno Press, New York, 1933.

Pages 37, 45, 62, 94, 174, 219 et 254 : *Le livre de sortir au jour, in* Edouard Henri Naville, *Das aegyptische Todtenbuch,* Verlag Von A. Esches, Berlin, 1886.

Pages 109, 160 et 227 : Norman de Garis Davies, *The tomb of Rekhmirê at Thebes,* Metropolitan museum of Art, Egyptian expedition, Arno Press, New York, 1943.

Page 181 : Ippolito Rosellini, *I monumenti dell'Egitto e della Nubia,* Presso N. Capurro ec., Pisa, 1832-1844.

Christian Jacq

LES ENQUÊTES DE SETNA

*

LA TOMBE MAUDITE

roman

XO
EDITIONS

ISBN : 978-2-84563-735-1

– 1 –

Le Vieux était né vieux, et ne s'en portait pas plus mal. Héritier d'une longue lignée dont certains croyaient qu'elle remontait au règne du premier pharaon, il disposait d'un élixir de jouvence : le bon vin. Un blanc sec et fruité pour se réveiller le matin, un rouge corsé au déjeuner, un rosé léger l'après-midi, et un grand cru pendant le dîner. Assurant l'indispensable hydratation, ces admirables produits, fruits du mariage entre la nature et l'intelligence humaine à son meilleur, étaient des remèdes contre toutes les maladies.

Combien de jeunes, abreuvés à l'eau, manquaient de forces ? Certes, la bière n'était pas à dédaigner, surtout à la saison des chaleurs ; mais rien ne remplaçait le vin. Propriétaire d'une vigne proche de Memphis, la capitale économique de l'Égypte, le Vieux en avait confié l'exploitation à deux spécialistes qu'il surveillait de près. Étiquetées, les jarres étaient entreposées dans une cave équipée d'une double porte et de solides verrous, à l'abri des pillards.

Contraint de travailler afin de payer ses employés, le Vieux avait trouvé une place d'intendant, au service d'un riche notable, habitant une vaste villa qui abritait divers corps de métiers. Il fallait surveiller en permanence ce petit monde et traquer les éventuels tire-au-flanc, prompts à profiter du moindre relâchement. Ce n'était pas avec le Vieux que la jeunesse se laisserait aller !

Bénéficiant d'une journée de congé printanière, il avait inspecté sa cave et débouché quelques jarres anciennes, datant des premières années du règne de Ramsès II, devenu un héros vénéré après la bataille de Kadesh où il avait repoussé les Hittites[1], désireux de conquérir l'Égypte. Bien gérées, les Deux Terres, la Haute et la Basse-Égypte, jouissaient d'une prospérité profitable à tous.

Le pharaon avait érigé une nouvelle capitale, Pi-Ramsès, dans le Delta, non loin du couloir syro-palestinien, chemin d'invasion, mais il n'oubliait pas d'embellir les grands sites traditionnels, comme Thèbes, la cité du dieu Amon qui avait animé son bras à Kadesh, ou Abydos, le territoire sacré d'Osiris, détenteur du secret de la résurrection et maître des « Justes de voix ».

Bref, tout allait pour le mieux dans le meilleur des mondes ! Tout, sauf une sévère migraine, peut-être due à un excès de blanc liquoreux. Marchant au hasard, en cette douce fin de soi-

1. Les ancêtres des Turcs.

rée, le Vieux avait franchi la frontière séparant les zones cultivées du désert.

Au pied d'une dune, il s'était endormi.

L'air frais de la nuit le réveilla, et il contempla des milliers d'étoiles formant l'âme de Nout, la déesse-Ciel. Malgré ses courbatures, le Vieux se serait adonné à la contemplation si, soudain, une bourrasque ne l'avait à moitié recouvert de sable. Pestant et crachant, il se releva.

En quelques instants, le ciel se chargea de nuages noirs qui se livrèrent un violent combat. Des éclairs zébrèrent les nuées, le sol se mit à trembler, le sommet de la dune se dilata.

Ce n'était ni un cauchemar ni un phénomène normal ; les démons du désert venaient de déclencher un cataclysme. Conscient d'avoir peu de chances de survie, le Vieux partit droit devant lui, à la recherche d'un abri. Incapable de se repérer dans un paysage devenu chaotique, il chancelait à chaque pas ; mais sa robuste constitution le servit, et il refusa de céder au découragement.

Alors que le souffle lui manquait, il discerna un tas de pierres. S'emparant d'un silex pointu, il creusa un trou et, recroquevillé, se recouvrit de débris de calcaire. Quelle triste fin, le gosier sec, loin de sa cave chérie ! À cette idée révoltante, il décida de tenir bon.

Et le tumulte se calma.

Glacial, le vent le fit frissonner. S'extrayant avec peine de son linceul de pierrailles, le Vieux regarda autour de lui. De nouvelles dunes entrecoupées de ravins, des végétaux déchiquetés, des cadavres de fennecs et de rongeurs… Et, là-bas, une silhouette humaine !

Le Vieux aurait dû appeler, faire de grands gestes, courir en direction de cet autre rescapé, mais un étrange instinct lui imposa de rester tapi et d'observer.

Grand bien lui en prit.

Armé d'un long poignard, l'homme inspecta les environs, puis indiqua à ses compagnons que la voie était libre.

À l'évidence, ils sortaient d'une tombe qui avait résisté à la tourmente !

Un abri pour des égarés ou… le but d'une bande de pillards ? Le Vieux aurait dû décamper, mais la curiosité fut la plus forte. Les malfaisants avaient tous le visage couvert d'une étoffe grossière, ne laissant apparaître que les yeux ; impossible de distinguer leurs traits. Vêtus d'une longue tunique, ils entourèrent l'homme au poignard.

Ce dernier leva son arme vers le ciel, comme s'il voulait percer les nuages épais.

Un interminable éclair zébra les nuées, et la foudre tomba à quelques pas du groupe, se condensant en une boule de feu. À une vitesse folle, elle traça un cercle autour de lui avant de disparaître dans le sable.

Pas le moindre doute : l'homme au poignard était un mage noir, et de la pire espèce ! Il commandait aux éléments, déclenchait la tempête et maniait la puissance de Seth, maître de la foudre et de l'orage.

Tétanisé, le Vieux crut sa dernière heure arrivée. Le sorcier allait ressentir sa présence et le clouerait au sol afin de l'anéantir.

Le mage sortit du cercle où ses acolytes demeurèrent prisonniers et pénétra à l'intérieur de la tombe.

En se tâtant, le Vieux constata qu'il était toujours vivant. Cette fois, il fallait déguerpir ! Il en avait trop vu, et sa gorge se desséchait davantage à chaque instant.

Agitées de tremblements, ses jambes refusèrent de lui obéir. Cette défaillance le servit, car le sorcier ressortait déjà du sépulcre, portant un objet allongé et de grande taille, recouvert d'un voile rouge. Marchant à pas très lents, il le déposa au centre du cercle.

Et sa voix retentit, grave, si impérieuse que le Vieux frissonna.

— Voici le trésor des trésors, le secret de la vie et de la mort.

Il ôta le voile.

Apparut un vase doté d'un socle solide, de forme oblongue, à la panse légèrement renflée, et fermé par un épais bouchon de pierre.

Incapable de se retenir, l'un des voleurs s'approcha de l'inestimable objet. Au moment d'ôter le bouchon, il regarda le mage qui demeura les bras croisés.

À peine la main toucha-t-elle la pierre qu'une fumée orangée sortit du vase et enveloppa le profanateur. Étonné, il recula ; oppressé, il ouvrit une bouche béante, tel un poisson hors de l'eau. Asphyxié, il s'effondra.

Le mage recouvrit le trésor du voile rouge.

— Vous avez contemplé le vase scellé[1] contenant le mystère suprême, révéla-t-il à ses complices. Qui en connaît le secret détient la véritable puissance. Et vous, bande de petits criminels, bénéficiez d'un privilège dont vous n'êtes pas dignes ; c'est pourquoi vous devez disparaître. Vous avez dégagé l'accès à la tombe maudite, votre tâche est achevée, je n'ai plus besoin de vous.

Un costaud s'insurgea.

— Vous nous aviez promis...

Le mage s'empara du vase et le fit tournoyer. La fumée orangée se répandit avec une rapidité surprenante, noyant les adeptes du sorcier. Leurs chairs grésillèrent, et des cris d'agonie déchirèrent le silence du désert.

Quand il constata qu'il ne restait presque rien des cadavres, le mage noir, à présent possesseur du vase scellé, s'éloigna en direction de l'Orient. Enfin, le soleil de l'aube perçait les nuages.

Prudent, le Vieux attendit un long moment avant de se redresser. Flageolant, il s'aventura sur le lieu du massacre, se demandant s'il n'avait pas été la proie d'un cauchemar.

1. En langue hiéroglyphique, il se nomme *Khetemet*.

La présence de débris d'ossements humains calcinés lui prouva le contraire. Une décision s'imposait : ne parler à personne de cette tragédie.

Mourant de soif, le Vieux regagna la zone des cultures et le monde des vivants.

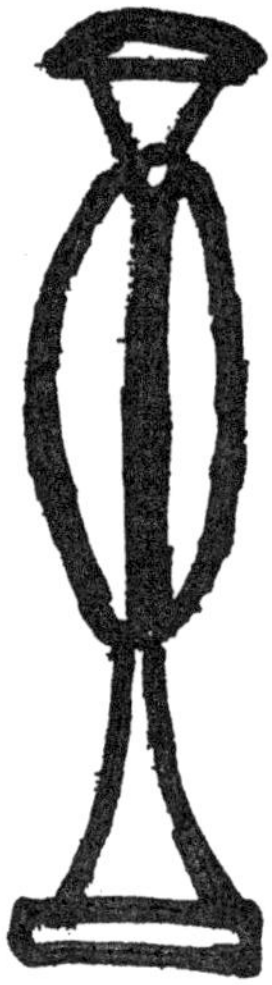

Le vase scellé, trésor des trésors, ancêtre du Graal.
(D'après les *Textes des sarcophages*.)

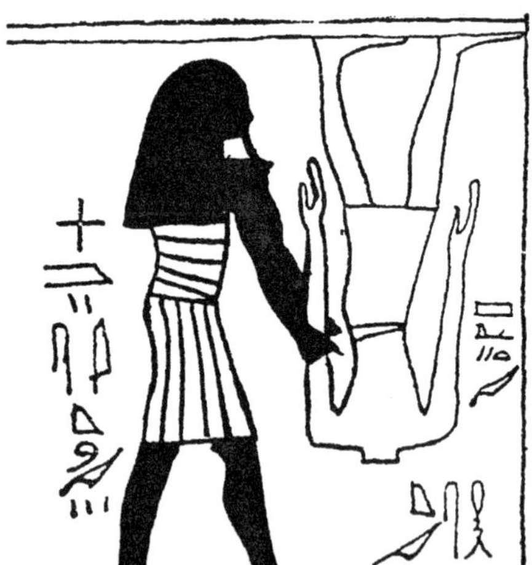

Le mage se débarrasse de ses acolytes.
(D'après Champollion.)

– 2 –

En dépit de la chaleur qui écrasait la Nubie, le général Ramésou ne tenait plus en place. Il avait hâte d'attaquer le bourg où s'étaient réfugiés les révoltés qui avaient osé attaquer une caravane à destination de la capitale égyptienne. Ils défiaient ainsi l'autorité de Ramsès le Grand dont la réaction avait été immédiate. Ne supportant pas le moindre désordre, le pharaon avait pris la tête d'une armée afin de ramener le calme en Nubie et d'étouffer dans l'œuf toute velléité d'insurrection.

Le général en chef était le fils du roi et de son premier amour, Iset la Belle ; même si elle avait dû s'effacer au profit de Néfertari, devenue Grande Épouse royale et souveraine des Deux Terres, Iset était restée à la cour et bénéficiait de tous les égards. Ramésou ne manquait pas une occasion de prouver sa vaillance et, à la suite de ses coups d'éclat, dirigeait un corps expéditionnaire, formé d'une charrerie et d'une infanterie.

Malgré son jeune âge, les vétérans respectaient ce militaire de carrière, dévoué à sa fonction, et qui n'hésitait pas à payer de sa personne.

Lors de cette expédition, les soldats bénéficiaient d'un honneur insigne : la présence de Ramsès, le souverain qui avait repoussé les Hittites en l'an cinq de son règne et instauré une paix durable. Et l'on attendait ses ordres, avec la certitude qu'il mènerait ses troupes à la victoire ; un chant populaire ne proclamait-il pas : « Pharaon répand une clarté semblable à celle du soleil, il donne la vie comme l'eau et l'air, nous l'aimons et le vénérons, lui, le père et la mère des Deux Terres, la lumière des deux rives. »

Ramsès ne méprisait pas ses adversaires ; certes, il n'avait pas déplacé ses quatre régiments, placés sous la protection des dieux Râ, Amon, Ptah et Seth, soit une vingtaine de milliers d'hommes, ni ses six cents chars, capables d'enfoncer n'importe quel front. Mais le millier de combattants expérimentés devrait suffire à terrasser la centaine de pillards nubiens, réfugiés dans un village dépourvu de fortifications.

Quiconque contemplait Ramsès comprenait aussitôt pourquoi il avait accédé à la fonction suprême. Son autorité naturelle inspirait respect et confiance ; il lui suffisait d'apparaître pour que l'on s'inclinât.

Refrénant son impatience, Ramésou savait que son père prendrait la bonne décision au bon moment et qu'il était inutile de l'importuner. Pas un instant, il n'envisageait un échec.

— Quand attaquons-nous ? lui demanda Ched, un robuste gaillard d'une vingtaine d'années.

Archer d'élite, se tenant toujours aux avant-postes, il était combattant dans l'âme et d'une loyauté à toute épreuve.

— Nous attendons les ordres du roi.

— Les insurgés sont encerclés, rappela Ched ; prenons-les à la gorge !

— Sois patient, recommanda le général ; la vision de Ramsès est plus aiguë que la nôtre.

Résigné, l'archer regagna la butte d'où il observait la position adverse. Trop avancé au goût de certains officiers, isolé, il tenait pourtant à courir le risque afin de pouvoir intervenir en cas de mauvaise surprise.

Ramésou sourit en apercevant son cadet, Setna[1], assis sous un palmier et lisant un papyrus. En voilà un qui n'était pas taillé pour la guerre ! Son père l'avait déjà emmené sur des champs de bataille mais, dès son enfance, le second fils d'Iset la Belle ne s'était intéressé qu'à la lecture et à l'écriture. Considéré comme un surdoué, il ne cessait d'approfondir ses connaissances et n'avait d'autre ambition que de devenir ritualiste au service de Ptah, le dieu de Memphis, la vieille capitale de l'Ancien Empire, gardienne des traditions.

Lui aussi scribe royal, Ramésou ne partageait pas la passion de son frère ; le monde bougeait, l'Égypte restait une proie tentante, et seule une armée puissante garantirait sécurité et prospérité.

1. Le prince Khâ-em-Ouaset, « Celui qui est apparu, rayonnant, à Thèbes », est devenu un héros de la littérature romanesque égyptienne sous le nom de Setna.

Certes, la protection des dieux était indispensable ; il y avait quantité de temples et de ritualistes chargés de prononcer les formules efficaces contre les ennemis, et le rôle d'un fils royal ne pouvait pas se restreindre à cette tâche-là.

Bien qu'il ne fût pas un lâche, Setna détestait la violence. À peine était-il entré à l'école du palais qu'il s'était montré plus savant que son professeur ; déclenchant jalousie et critiques, il n'avait manifesté aucune animosité. Et les enseignants s'étaient succédé, jusqu'à l'intervention des maîtres de la Maison de Vie du temple de Memphis, dont la sévérité décourageait la plupart des disciples. Ébloui par la qualité et l'ampleur de l'enseignement reçu, Setna travaillait jour et nuit pour s'en montrer digne.

— Encore en train de lire ! déplora Ramésou.

Setna leva la tête.

— Ce papyrus est consacré aux richesses naturelles de la Nubie, révéla-t-il ; le roi désire y bâtir plusieurs temples et développer une économie prospère. C'est pourquoi il veut des renseignements précis.

Ramésou ne cacha pas son étonnement. Ainsi, Ramsès le Grand savait utiliser toutes les compétences ! Et son fils aîné ne l'en admira que davantage.

— Tes conclusions, Setna ?

— À condition de nommer un administrateur efficace et d'établir une paix durable, les projets de Sa Majesté aboutiront.

— Cette paix, une bande de rebelles la menace ! Nous devons les exterminer et briser les velléités de révolte des Nubiens.

— Et si l'on négociait afin de les ramener à la raison ?

— Tu rêves, mon frère ! Nous sommes face à des assassins et à des pillards, incapables de s'amender. Sache-le : on ne négocie pas avec le Mal.

Setna hocha la tête.

— Désolé de t'arracher à ta lecture, mais j'ai besoin de toi pour commander notre arrière-garde. Sois tranquille, tu ne risqueras rien !

Setna était habitué à l'ironie de son aîné et n'en prenait pas ombrage. Sans la puissante armée de Ramsès et le courage du pharaon, les Hittites auraient envahi l'Égypte et détruit ses temples ; conscient d'un péril toujours présent, le jeune scribe éprouvait de la reconnaissance envers des soldats comme Ramésou ou l'intrépide Ched, un ami d'enfance. En assurant la sécurité des Deux Terres, ils préservaient l'héritage des dieux et permettaient à une civilisation ancestrale de perdurer.

Setna roula le papyrus et le rangea dans son sac de voyage en cuir blanc. Puis il suivit le général Ramésou qui lui fit traverser le camp de tentes impeccablement disposées. De strictes règles d'hygiène y étaient appliquées, et l'on mangeait à satiété. Le service de santé, composé de chirurgiens, de médecins et d'infirmiers venus de Memphis, rassurait la troupe. Les Nubiens étaient de rudes guerriers ; supérieurs en nombre et dotés d'un meilleur armement, les hommes de Ramsès se heurteraient à des rebelles décidés à vendre chèrement leur peau. Les pertes seraient inévitables, et l'imminence de l'assaut mettait les nerfs à vif.

Ramésou rassembla les vétérans de l'arrière-garde et leur présenta Setna, leur nouveau commandant. Nommé « chef des cinquante », il vérifierait les tours de garde. Les fantassins se gardèrent de sourire, étonnés par la présence de ce gamin inoffensif, auquel ils imposeraient aisément leurs habitudes. Et Ramésou n'était pas mécontent de jouer ce tour-là à son cadet ! Le contact de ces rudes gaillards l'aiderait à mûrir.

— À quand l'attaque ? demanda un vétéran.

— Conseil de guerre au couchant, répondit le général ; Sa Majesté nous dévoilera sa stratégie.

Ramésou s'éloigna, abandonnant Setna à sa nouvelle tâche.

— Bon, annonça un rouquin, on va déjeuner ; aujourd'hui, poisson frais pêché ce matin !

— Un instant, trancha Setna.

Le rouquin et ses compagnons s'immobilisèrent.

— On a faim, chef et…

— La priorité consiste à renforcer notre dispositif de défense et à répartir vos tâches.

La voix était posée, mais ferme.

Les vétérans regardèrent le jeune homme d'un autre œil. Il était bien le fils de Ramsès, et mieux valait obéir sans discuter.

Le prince Setna fait offrande aux dieux.
(Tombe de Nefer-Hotep.)

– 3 –

De retour dans son laboratoire après un long voyage, le mage offrit d'abord du sang d'âne aux puissances des ténèbres, puis brûla une amulette représentant un œil complet. Ainsi, il continuerait à bénéficier de l'énergie destructrice du désert et empêcherait quiconque de découvrir ses secrets.

Savourant son extraordinaire succès, il s'étonnait d'avoir mené à bien une entreprise si difficile. En apprenant l'existence du vase sacré, grâce au bavardage d'un vieux serviteur de Ptah qui semblait perdre la raison, il avait aussitôt conçu le projet de s'en emparer.

De longues recherches avaient abouti à un échec. Doté d'immenses pouvoirs, contenant le secret de la vie et de la mort, ce vase sacré n'était donc qu'une chimère ! Découragé, le mage s'était résolu à oublier ce trésor imaginaire.

Un curieux incident l'avait troublé. Des démons s'étaient évadés d'une tombe de la vaste nécropole memphite, agressant des soldats chargés de la surveiller ; avec promptitude, Ramsès avait envoyé une escouade de magiciens pour conjurer ce danger.

Opération réussie, mais secret d'État ! Usant de ses nombreuses relations à la cour, le mage avait obtenu le nom des praticiens, victorieux du Mal. L'un d'eux étant grand amateur de femmes étrangères, organiser un guet-apens avait été facile.

Bon prince, le manipulateur avait laissé sa victime prendre un peu de plaisir avant d'étrangler la Syrienne, de ligoter son amant et de le torturer afin d'obtenir des réponses précises à ses questions.

Oui, le vase sacré existait, et c'était bien le plus précieux des trésors !

Sur le conseil des spécialistes, Ramsès avait donné l'ordre de le dissimuler au fond d'une tombe réputée maudite, car gardée par des spectres. Chaque jour, un magicien, accompagné d'hommes armés, inspectait les lieux.

Et le drame s'était produit, offrant au mage une occasion à saisir sans délai. Pendant que les savants du palais hésitaient à choisir un nouveau dispositif de sécurité, il avait rassemblé une bande de voleurs qu'il employait depuis longtemps, déclenché la fureur des cieux et investi la tombe maudite.

Ses chances d'aboutir étaient infimes. Combien de démons subsistaient à l'intérieur du sépulcre, aurait-il le temps d'utiliser les bonnes formules qui les empêcheraient de nuire ?

Audace et chance s'étaient conjuguées. Au moment de saisir le vase sacré, le mage avait hésité : ne lui brûlerait-il pas les mains et l'âme ? En prononçant les paroles d'apaisement dérobées à la Maison de Vie, apanage royal, il avait dompté la mystérieuse énergie préservée dans le reliquaire.

Restait à éliminer les témoins du vol. Pourquoi ne pas utiliser les pouvoirs du vase scellé ? Résultat impressionnant ! En quelques instants, les vapeurs orangées avaient anéanti la bande de va-nu-pieds.

Lui, possesseur de cette merveille ; lui, seul à connaître sa véritable cachette, inaccessible ; lui, plus puissant que le pharaon en personne !

Il laissa retomber son exaltation ; détenir l'arme suprême n'entraînerait pas une victoire immédiate. L'empire de Ramsès était solide, et le roi avait prouvé sa vaillance. Le renverser et instaurer le règne du Mal exigeait de tisser une gigantesque toile d'araignée d'où le monarque ne s'échapperait pas. Le mage marcherait vers le triomphe, à condition de se montrer patient et de choisir des alliés efficaces.

Une possibilité de gagner beaucoup de temps : la mort de Ramsès pendant son expédition en Nubie. Éventualité improbable, mais le pharaon ne commettrait-il pas une imprudence ?

*

L'espion avait risqué sa vie pour obtenir une information capitale : Ramsès, son général en chef et ses officiers supérieurs étaient réunis dans la vaste tente du souverain. Sans nul doute, il allait ordonner l'attaque du village abritant les révoltés.

Leur chef, un quinquagénaire aux muscles saillants, vida une coupe d'alcool et de dattes. Lors de l'affrontement décisif, il aiderait à effacer la peur.

— Que tous nos hommes boivent, ordonna-t-il ; cette fois, la victoire est à notre portée !

— Aurais-tu un plan ? s'inquiéta son conseiller, un vieillard à la barbichette blanche.

— L'attaque !

— Attaquer l'armée de Ramsès ? Nous serons anéantis !

— Regarde le dessin qu'a tracé notre espion dans le sable, il révèle deux points faibles. Le premier, c'est l'arrière-garde : le gros de nos troupes la massacrera, provoquant la panique chez l'adversaire. Le second, c'est la protection de la tente royale, un petit nombre de soldats. Moi et mes meilleurs guerriers profiterons du désordre, les éliminerons et tuerons Ramsès. À la vue de son cadavre, ce sera la débandade ! Nous exterminerons les fuyards, les tribus se rallieront à nous, et nous reprendrons le contrôle de la Nubie !

Le vieillard se rendit à l'évidence : cette stratégie n'avait rien d'insensé, et l'effet de surprise serait décisif.

— Pas une seconde à perdre, à l'attaque !

*

Au couchant, le Nil se parait de couleurs multiples, allant du bleu sombre au rouge vif ; un vent doux s'était levé, animant les branches des palmiers qui dispensaient une ombre bienfaisante. C'était l'heure de boire une bière rafraîchissante, avant la relève de la garde.

Setna s'habituait à ce pays rude, à l'austère beauté ; il appréciait la lutte du fleuve contre le désert, le vert éclatant des palmeraies, l'ocre chaud du sable, le vol des pélicans et des ibis. Soudain, l'angoisse remplaça la paix du soir ; la gorge serrée, le jeune homme ressentit le danger.

— Levez-vous ! ordonna-t-il à ses hommes, étonnés.

Setna fut le premier à apercevoir un Nubien qui brandissait sa lance et le visait.

La pointe de l'arme frôla la tempe du fils de Ramsès, bientôt entouré de ses soldats, prompts à riposter. Grâce aux dispositions prises par le chef des cinquante, l'alerte se propagea très vite, et des dizaines de fantassins prêtèrent main-forte, et en bon ordre, aux membres de l'arrière-garde.

Préparés à ce type d'affrontement, les vétérans ne tardèrent pas à prendre l'avantage, malgré la fureur de l'adversaire. Les épais boucliers furent salvateurs, et la précision des javelots causa la défaite des Nubiens.

— Setna nous a sauvé la vie, constata le rouquin.

*

Ched s'assoupissait, lorsqu'il perçut de l'agitation du côté est du village donnant sur le Nil ; profitant de la pénombre grandissante, des Nubiens tentaient de contourner le camp égyptien et de l'attaquer par l'arrière. L'archer d'élite n'intervint pas, car un autre contingent, plus réduit, adoptait un chemin différent.

Ched ne tarda pas à comprendre : une habile manœuvre de diversion afin de masquer l'objectif principal, la tente du roi ! En effectuant une percée brutale, au prix de pertes sévères, ce commando pouvait réussir.

L'homme de tête, surexcité, était probablement leur chef. Déjà il éliminait un garde ! Des hurlements saluèrent cet exploit ; ivres, ses compagnons ne redoutaient pas le combat.

Et l'accès à la tente se dégageait...

Ched gagna rapidement une meilleure position, banda son arc et tira.

Sa flèche perça le dos du chef des Nubiens alors qu'il terrassait un nouveau garde ; désemparés, ses acolytes s'arrêtèrent net et furent aussitôt entourés par des fantassins revanchards qui ne firent pas de quartier.

Seul le vieillard à la barbichette blanche réussit à s'extraire de la nasse. Armé d'un poignard, il parvint à atteindre l'entrée de la tente mais s'immobilisa, terrifié. Le lion de Ramsès, Massacreur, son allié décisif lors de la bataille de Kadesh, en interdisait l'accès.

Et le dernier révolté n'eut pas le temps de s'enfuir.

*

Pas un rescapé chez les Nubiens, trois morts et dix blessés chez les Égyptiens. Avertis de l'écrasante victoire de Ramsès, les chefs de tribus lui apportèrent des plumes d'autruche et des peaux de léopard en signe de soumission définitive. Et le roi leur annonça la construction de plusieurs sanctuaires, laquelle s'accompagnerait du développement économique de la région.

Ched avait été décoré, et sa fortune était faite ; désormais, il s'appellerait Ched le Sauveur. Quant à Setna, dont le courage avait forcé l'admiration des vétérans, une brillante carrière militaire s'ouvrait devant lui, au vif déplaisir de son frère aîné, le général Ramésou.

– 4 –

Setna alluma les cinq lampes qui procuraient à son bureau de Memphis un excellent éclairage et lui permettaient de travailler la nuit. Elles se composaient d'une lourde base en calcaire, taillée en forme de demi-sphère, percée au centre d'un trou de section carrée, et d'une colonnette en acacia évoquant un papyrus et plantée dans cet orifice. À son sommet, bombé, étaient fichées trois tiges soutenant une lampe à huile, équipée d'une mèche. Grâce à la qualité de l'huile, souvent extraite du ricin, et à un traitement approprié de la mèche, nulle fumée ne se dégageait.

En raison de ses excellents résultats aux examens, de plus en plus ardus, Setna avait été autorisé à occuper ce local, à l'intérieur de l'annexe de la Maison de Vie, accolée au temple de Memphis.

Memphis, la capitale de l'Ancien Empire, un âge d'or qu'illustraient les pyramides géantes et tant d'autres chefs-d'œuvre ! Memphis, la cité du dieu Ptah, créateur du monde par le Verbe, et patron des artisans. Setna rêvait de devenir l'un des ritualistes chargés de veiller sur son sanctuaire, gardien des traditions anciennes et des secrets originels.

Comment avouer à son père qu'il préférait Memphis à la nouvelle capitale, Pi-Ramsès, pourtant éblouissante ? Second rêve : persuader le roi d'entreprendre un vaste programme de restauration des monuments anciens et de leur redonner leur splendeur d'antan. Mais Ramsès accordait la prééminence à sa « Cité de turquoise », où étaient installés les principaux services de l'État, et à ses futurs chantiers en Nubie.

Là-bas, dans le Grand Sud, Setna avait vu la mort de près. Il n'oublierait ni les cadavres, ni les râles des agonisants, ni les souffrances des blessés. Certes, cet affrontement avait été nécessaire pour façonner l'avenir de la Nubie ; et l'Égypte avait besoin d'une armée capable d'assurer sa sécurité. Néanmoins, Setna n'avait nulle envie de poursuivre une carrière militaire que lui promettaient quantité de notables, à la suite de son comportement devant l'ennemi.

Ramsès le comprendrait-il ou l'obligerait-il à céder, en lui confiant le commandement d'un régiment ? Un fils ne pouvait désobéir à son père.

La vue de sa bibliothèque dissipa ses inquiétudes. Soigneusement classés sur des étagères, des papyrus préservaient les textes des sages, transmis de génération en génération.

Il y avait l'enseignement d'Imhotep, le créateur de l'architecture en pierre et de la pyramide à degrés de Saqqarah, la *Satire des métiers* de l'humoriste Khéty vantant la condition de scribe, le récit de Sinouhé, les hymnes aux couronnes royales, les conseils des pharaons à leurs successeurs, et beaucoup d'autres merveilles.

Setna se souvint de son impatience de gamin, cheval trop fougueux, tant il désirait avoir accès à ces trésors. Le bâton de son premier éducateur lui avait ouvert l'oreille qu'il avait sur le dos, et il avait enfin perçu l'importance des paroles de Ptah-Hotep :

Quant à l'ignorant qui n'écoute pas,
Il n'accomplit rien.
Il considère la connaissance comme l'ignorance,
Il fait tout ce qui est détestable,
De sorte que l'on s'irrite contre lui chaque jour.
Il vit de ce qui fait mourir,
Sa nourriture est le discours tordu.
C'est là sa caractéristique qu'ont bien reconnue les nobles,
À savoir : un mort vivant chaque jour.
Si l'acte d'écouter sans cesse pénètre celui qui écoute, celui qui écoute devient celui qui entend. Quand l'écoute est bonne, la parole est bonne. Celui que Dieu aime, c'est celui qui entend ; celui qui n'entend pas est haï de Dieu. Écouter est meilleur que tout et donne l'amour parfait.

Setna s'était imprégné de cet enseignement et, malgré son jeune âge, tentait de le mettre en pratique. N'était-ce pas la condition impérative pour réaliser ses rêves ? Obéir à ses maîtres était le premier de ses devoirs ; et cette nuit, il devait recopier le passage d'une des *Sagesses* destinées à l'école des scribes.

Avant d'écrire, il fallait rendre hommage à Imhotep, le protecteur de ceux qui avaient l'honneur de pratiquer cet art. Aussi Setna versa-t-il quelques gouttes d'eau sur sa palette, en guise d'offrande, afin de garder vivante la mémoire du Maître d'œuvre. Puis il choisit un papyrus de qualité moyenne, déjà utilisé ; en l'occurrence, il serait suffisant. Les écoliers se contentaient d'éclats de calcaire ou de morceaux de bois, supports de leurs exercices remplis de fautes et de tracés imprécis. « Faire la main » d'un scribe nécessitait de longues années.

De son porte-pinceaux en forme de colonne surmontée d'une feuille de palmier, le jeune homme sortit un calame à la pointe fine, fabriqué à partir de fibres de roseau. De son écriture à la fois élégante et précise, il traça les signes exprimant la pensée de Ptah-Hotep relative à l'écoute.

Lorsqu'il écrivait, Setna ne voyait pas le temps s'écouler, et la fatigue l'épargnait. Joignant l'esprit à la main, ce travail lui donnait de l'énergie. Aussi continua-t-il à recopier les maximes du sage, bien au-delà du labeur exigé.

Passant à travers une fenêtre *a claustra,* la lumière du petit matin se posa sur son papyrus. Comme la nuit avait été brève !

Setna roula le papyrus, le ficela et but un peu d'eau. Alors qu'il s'apprêtait à dormir au moins deux heures, on frappa à la porte du bureau.

Le scribe ouvrit.

— Tu es réveillé, tant mieux ! s'exclama Ched le Sauveur, survolté. J'ai une belle surprise à te montrer.

Impossible de résister à cette tempête.

Ched marchait vite, en direction de la grande caserne de Memphis et de l'arsenal.

— Ce qui m'arrive est incroyable, incroyable !

— Explique-toi.

— Ah non, tu comprendras sur place ! Incroyable, je te dis...

Setna était habitué à la fougue de son ami d'enfance, mais jamais encore il ne l'avait vu bouleversé à ce point.

Ils croisèrent la première patrouille de la matinée, chargée de parcourir les rues de la cité. Memphis était une ville calme et cosmopolite où les délits étaient rares ; elle abritait une importante garnison de soldats professionnels et bénéficiait d'une police efficace.

— Et voilà ! s'étonna Ched en s'immobilisant à une dizaine de pas d'un bâtiment austère, dont l'accès était gardé par quatre costauds armés de lances et d'épées courtes.

Vu leur taille et leur faciès hostile, on n'avait pas envie de les importuner.

— C'est la Maison des armes, constata Setna ; à première vue, elle n'a pas changé.

— Elle non, moi si ! Allons-y.

— On n'entre pas sans autorisation spéciale.

— Ça dépend qui !

Ched s'avança, Setna tenta de le retenir.

— Viens, je te dis !

Les gardes s'inclinèrent.

— Je suis accompagné de Setna, fils du roi.

Les quatre soldats libérèrent le passage, à la stupéfaction du scribe.

— Pharaon m'a nommé directeur de la Maison des armes, tu te rends compte ! Moi, à dix-neuf ans ! Et il m'a attribué une demeure de fonction, à proximité, avec deux domestiques. J'ai peine à y croire... Visitons mon nouveau domaine !

Ched le Sauveur fit contempler à Setna les lances, les épées, les poignards, les arcs, les frondes, les boucliers, les casques et les uniformes protecteurs en cuir, recouverts d'écailles de bronze.

— C'est ici que sont entreposées et testées les armes récentes, expliqua Ched. Si elles sont satisfaisantes, on en fabrique plusieurs exemplaires, livrés à l'arsenal. Énorme responsabilité, non ?

— Belle promotion, reconnut Setna ; tu la méritais, et le roi a tenu sa promesse, comme toujours.

Ched prit un air sérieux.

— Il faudrait songer à ta propre carrière, mon ami ; ton exploit est encore sur toutes les lèvres, et notre armée t'attend.

— J'ai bénéficié d'un heureux concours de circonstances et n'éprouve aucun goût pour la vie militaire. Mon frère Ramésou n'est-il pas un excellent général en chef ?

Le regard de Ched se détourna.

— Pourquoi ne m'approuves-tu pas ? s'étonna Setna.

— À ta place, je me méfierais de lui.

— Il a son caractère, et je ne le gêne en rien. Mettrais-tu en doute sa compétence et sa loyauté ?

— Sûrement pas ! Mais reste quand même vigilant ; Ramésou déteste qu'on lui fasse de l'ombre.

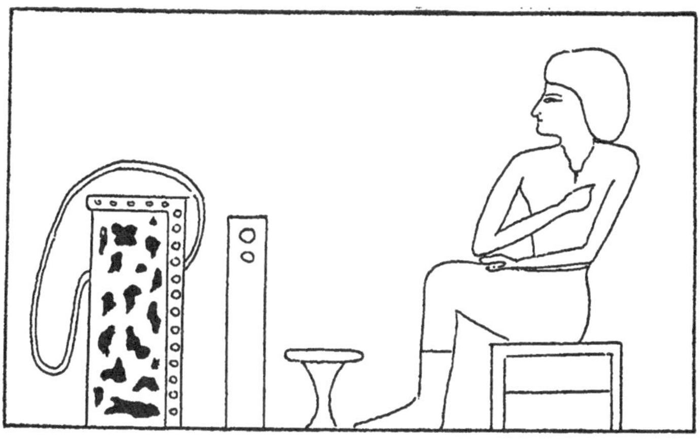

Le scribe contemple son matériel d'écriture, sachant que sa palette équivaut à « entendre et voir ». (*Livre de sortir au jour,* chapitre 94.)

– 5 –

Avant de quitter Memphis pour la capitale, le général en chef Ramésou soumit la troupe à un entraînement intensif, comme si la guerre était imminente. Il tint cependant à rassurer ses hommes : les services de renseignements, bien implantés dans le couloir palestinien, ne signalaient aucune manœuvre des Hittites.

Ce calme apparent ne rassurait pas le général. Contrairement à la plupart des officiers supérieurs, il ne croyait pas à une paix durable ; jamais les Hittites ne renonceraient à conquérir l'Égypte et ses immenses richesses. À la suite de leur échec de Kadesh, prenant conscience de la valeur de l'armée de Ramsès et de la détermination du roi, ils reconstituaient leurs forces et préparaient un nouvel assaut, massif et mieux organisé.

Malheureusement, le pharaon, certain de sa force, n'avait d'yeux que pour son programme architectural en Nubie où Setna s'était illustré, manifestant une bravoure inattendue. Effet d'aubaine ? Ramésou songeait plutôt à la mise au jour d'une tendance cachée. Se dissimulant sous ses habits de scribe attaché à l'étude des textes anciens, Setna était animé d'une ambition dévorante qu'il n'arrivait plus à dissimuler. Il ne tarderait pas à réclamer une place éminente au sein de l'armée et de l'administration, en exploitant le moindre faux pas de son frère aîné.

Ramésou devait persuader son père qu'il était seul capable de garantir la sécurité de l'Égypte. Par chance, Setna était très attaché à la vieille cité de Memphis, centre économique des Deux Terres, et ne percevait pas le rôle majeur de la nouvelle capitale, Pi-Ramsès. Située au nord-est du Delta, elle occupait une position stratégique ; en cas d'alerte, les régiments, bénéficiant de vastes et confortables casernes, se déploieraient à grande vitesse. Et l'élite de la charrerie séjournait là.

Setna, quel étrange garçon... Beau, solide, le regard profond, séduisant, surdoué selon ses professeurs, promis à tous les succès ! Comment ne pas le jalouser ? Ramésou était à la fois fasciné et envieux. Et il avait un mince espoir : que Setna devînt un érudit cloîtré dans sa bibliothèque. Hélas, l'épisode nubien avait mis au jour une autre qualité de son cadet, le courage face à l'adversité. Révélé ainsi à lui-même, tirerait-il les conséquences de son exploit ?

Certains gradés n'appréciaient pas la raideur de Ramésou et lui préféraient le calme de Setna, digne d'un vieux briscard. Le général surestimait-il le danger ? C'était préférable à la naïveté ! Il demanderait à ses fidèles de surveiller de près Setna et de lui signaler ses initiatives.

*

Quand le Chauve, dignitaire de la Maison de Vie et professeur redouté, pénétra dans son bureau, Setna se leva aussitôt. Mal embouché, l'œil sévère, ce ritualiste était un critique impitoyable, avare de compliments.

— Ton travail est terminé, j'espère ?

Setna lui rendit le papyrus.

Le Chauve ôta la ficelle, déroula le document et le consulta attentivement.

— Te moques-tu de moi ?

Le jeune homme blêmit.

— J'ai vérifié, je ne crois pas avoir commis de fautes, je...

— Être fils de roi ne te confère aucun privilège lorsqu'il s'agit de tracer des hiéroglyphes. Je t'ai ordonné de recopier un passage précis, et tu as outrepassé mes directives. Tout excès est à bannir, c'est un signe de vanité, et ce défaut-là te fermera les portes du temple.

La mine défaite, Setna garda le silence.

— À part cette déplorable erreur, reprit le Chauve, ta copie est excellente et sera utilisée à l'école des scribes. Assieds-toi.

Le disciple obéit.

— Tu maîtrises l'écriture ordinaire qui sert à rédiger les textes profanes et les documents administratifs, mais tu ignores le secret des hiéroglyphes gravés sur les murs des sanctuaires et des demeures d'éternité.

Setna contint son émotion. Allait-il franchir une étape décisive ?

— Les hiéroglyphes sont les paroles et les bâtons de Dieu, révéla le Chauve. En tant que paroles, ils contiennent les mystères de la vie et de la Création ; en tant que bâtons, ils te serviront d'appuis indispensables sur le chemin de la connaissance. Chaque signe est l'expression d'une puissance divine et transmet son énergie ; les hiéroglyphes sont tes véritables pères, car ils te font naître en esprit.

En écoutant son maître avec un maximum d'attention, Setna eut l'impression que son cœur s'élargissait. Le cœur, symbolisé par un vase qui devait s'emplir de rectitude et de pensées justes, non d'actes mauvais.

— Tout est hiéroglyphe, affirma le Chauve, toute forme vivante est une lettre de notre langue sacrée. Architecture, sculpture et peinture sont des expressions de cette écriture créatrice que ta main devra tracer de manière rigoureuse, sans rien laisser au hasard. Nos signes ne sont pas des ornements, mais un langage qui enseigne la vie dans toutes ses dimensions, au-delà de nos brèves existences. La gigantesque pyramide de Kheops elle-même est un hiéroglyphe.

— *Mer*, la pyramide ; *mer*, l'amour ; *mer*, le canal ; *mer*, le ciseau de menuisier. Y aurait-il un rapport entre ces termes ?

À la stupéfaction du scribe, les lèvres du Chauve esquissèrent un début de sourire.

— Tu commences à comprendre... La pyramide, construite grâce à un outil, est le canal par où passe l'amour céleste si nous continuons à bâtir des demeures pour les dieux.

Jamais plus Setna ne considérerait le millier de hiéroglyphes qu'il avait à manier comme de simples dessins. En représentant animaux, plantes, humains, constructions et autres réalités, cette langue sacrée offrait leur signification profonde.

— Long et difficile, le chemin vers la connaissance exige vigilance et persévérance, reprit le Chauve ; de rudes épreuves t'attendent. Et je te le répète : ton statut de fils royal ne te confère aucun privilège. Au palais, il te permettrait de mener une existence agréable ; celle d'un ritualiste est austère.

L'enseignant venait de prononcer le mot magique.

— Ritualiste... M'en jugeriez-vous capable ?

— Es-tu conscient des difficultés et de la charge de travail ?

— Je crois posséder l'énergie nécessaire et j'ai le désir de servir le temple.

— Certains de mes homologues en sont persuadés.

— Et... vous-même ?

— Peut-être examinerons-nous prochainement ton cas. En attendant, étudie ce texte et commente-le. Nous verrons si tu commences à entendre les paroles des dieux.

*

Dès le départ du Chauve, Setna s'était penché sur les lignes de hiéroglyphes tracés d'une main sûre. Leur contenu le passionna : « Je suis la lumière, père des déesses et des dieux ; je suis le feu secret de la lumière dont la forme demeure cachée. La longueur de ce ciel est pour mon enjambée, la longueur de cette terre pour ma fondation. Le nom de la lumière est Vie. Nourris-toi de son héritière, la rectitude. »

Fasciné par ces révélations, et fermement décidé à suivre le conseil, Setna ressentit le besoin de marcher afin de réfléchir à ses futurs commentaires.

Il se heurta à Ched le Sauveur.

— Tu as l'air préoccupé, le scribe !

— Une tâche difficile m'a été confiée.

— Oublie un peu le travail ! Ce soir j'organise une grande fête à l'occasion de ma nomination. Et tu es l'invité d'honneur !

— Désolé, je...

— Ah non, pas de dérobade ! L'orchestre féminin est le meilleur de Memphis, les danseuses sont belles à croquer, et j'ai obtenu les services d'un cuisinier du palais. Un directeur de la Maison des armes doit se montrer généreux ! Ta présence est impérative.

— Pardonne-moi, Ched, c'est impossible.

Le Sauveur fut troublé.

— Cette nouvelle tâche... Serait-ce si important ?

— Décisif.

— Au point de ne pas disposer d'une seule soirée ?

— En effet.

Ched se gratta le menton.

— Tu m'inquiètes, mon ami ; n'oublie pas que le monde extérieur existe et qu'il est peuplé de jolies filles ! J'en connais un certain nombre qui aimeraient épouser un fils de Ramsès et je n'ai pas manqué de les convier à ma table. Du beau linge, crois-moi !

— Je n'en doute pas, mais je te prie une nouvelle fois de me pardonner.

— Ça m'a l'air sérieux... Bonne chance, Setna.

Devant le ritualiste, son cœur, symbolisé par un vase clos. Ce cœur n'est pas le muscle cardiaque, mais le centre de l'être, d'où partent les canaux véhiculant l'énergie et vers lequel ils reviennent. De quoi sera rempli ce vase, sera-t-il assez léger, donc vide de fautes et de lourdeurs, lorsqu'il sera confronté aux juges de l'au-delà ? (*Livre de sortir au jour*, chapitre 17.)

– 6 –

Âgée de dix-huit ans, considérée comme l'une des plus belles jeunes femmes de Memphis, fille unique d'un notable fortuné, Sékhet avait déjà repoussé de nombreux prétendants, mais la lignée des prédateurs semblait inépuisable, à l'instar des discours stupides qu'ils débitaient.

Quel bonheur de s'éveiller, seule, dans sa chambre, à l'aube d'une belle journée ! Elle goûtait la paix de son domaine, agrémenté de coffres à vêtements en bois de sycomore et d'une fenêtre donnant sur le vaste jardin où poussaient palmiers, acacias, jujubiers et perséas. Dès son lever, elle contemplait le bassin aux lotus, entouré de narcisses et de bleuets. Cette propriété était un enchantement, et la compagnie de son père, de ses chiens et de ses chats lui suffisait amplement. Sékhet ne s'imaginait pas mariée à un noble prétentieux et grassouillet, imbu de sa haute personnalité et passionné par les potins de la cour ; quant aux jeunes gens de son âge, ils lui paraissaient creux et puérils. Et elle n'avait pas envie de s'offrir à un mâle en chasse.

En vain, son père tentait de la persuader de l'importance d'un bon mariage ; depuis un mois, la situation s'était aggravée car le général Ramésou, fils aîné du roi, avait discrètement manifesté son intérêt. S'il était une race que Sékhet détestait, c'était celle des militaires ! Au pays des pharaons, ce n'était pas un père qui pouvait imposer un mari à sa fille, qu'elle soit d'un milieu riche ou modeste. Ramésou ne plaisait pas à Sékhet, elle ne l'épouserait pas.

La jeune femme pénétra dans sa salle d'eau où elle goûtait, chaque matin, le plaisir de la douche et d'un massage pratiqué par ses deux servantes, la coiffeuse et la maquilleuse. Vaste et lumineuse, la pièce était ornée de vases d'albâtre contenant des essences de fleurs ; Sékhet avait la sensation de se glisser dans un bain de parfums avant que les deux servantes ne déversent une eau tiède sur son corps nu.

Jouxtant cette pièce merveilleuse, un cabinet d'aisance blanchi à la chaux, équipé d'un siège en calcaire, et la salle de massage aux dalles chaudes. Des mains expertes ôtèrent les tensions, puis recouvrirent la peau nacrée d'une pommade au jasmin.

— Vous avez l'air préoccupé, observa la coiffeuse, en arrangeant les mèches de la merveilleuse chevelure aux reflets auburn.

— Une rude journée m'attend.

— Le déjeuner au palais, à l'invitation du général Ramésou ?

— Non, je ne m'y rendrai pas.
— Désirez-vous un maquillage léger ?
— Juste le nécessaire.

Pendant que sa collègue faisait office de manucure et de pédicure, la servante orna le contour des yeux de sa maîtresse d'un trait de fard vert, du sourcil à la tempe. Non seulement il soulignait la beauté du regard, animé d'yeux d'un vert profond et doté d'un redoutable pouvoir de séduction, mais encore protégeait-il des infections et des agressions extérieures[1].

— Quelques bijoux, tout de même ?
— Juste le nécessaire.

La maquilleuse fit glisser le couvercle d'une des nombreuses boîtes contenant colliers et bracelets. Une femme de qualité devait tenir son rang ! Sékhet ne protesta pas, l'esprit ailleurs ; au collier de cornaline et aux bracelets en ivoire, la servante ajouta deux boucles d'oreilles en jaspe rouge. C'était vraiment le minimum.

— Une robe simple et seyante, s'il te plaît.
— D'abord un peu de rouge à lèvres !

Inutile de lutter.

Survint l'ultime vérification : l'épreuve du miroir. Le préféré de Sékhet était un disque de cuivre, parfaitement poli, fixé sur un manche en bois doré ; symbole des luminaires éclairant le jour et la nuit, son nom était synonyme de « vie ».

1. Ces fards contenaient une petite quantité de laurionite, un chlorure de plomb, qui empêchait le développement des micro-organismes et protégeait donc des infections ophtalmiques.

— Satisfaite, maîtresse ?

— Merci de ton travail.

— À peine parée, vous êtes superbe ! À mon avis, digne d'un fils de roi...

Le regard noir de la jeune femme dissuada la maquilleuse de poursuivre. Pourtant, elle aurait aimé devenir employée au palais où ses gages, déjà appréciables, auraient été augmentés.

Une troisième domestique apporta le petit déjeuner que l'on appelait « le lavage de la bouche ». Il se composait de lait frais, de pain chaud, de pâtisseries au miel et de fruits de saison. Sékhet se contenta d'une gorgée de l'onctueux liquide.

— Il faut manger, maîtresse !

— Désolée, je n'ai pas faim.

Le repas ne serait pas perdu ; la coiffeuse s'en régalait d'avance. Les trois domestiques regardèrent la jeune femme sortir de ses appartements et, comme d'habitude, admirèrent sa démarche aérienne. N'avait-elle pas tout d'une reine ? Refuser les avances du général Ramésou, quelle folie !

Le domaine de Kékou, superviseur des greniers royaux, était l'un des plus vastes de Memphis. Ne comptant pas moins de trente pièces, sa villa trônait au cœur d'un jardin ; autour, des ateliers, une boulangerie, une brasserie, des cuisines, des silos, des écuries et une volière. Deux cents employés vivaient ici avec leur famille, logés dans de petites maisons blanches, dotées d'un appréciable confort. Deux puits fournissaient l'eau, et un grand verger offrait des pommes, des figues, des dattes, des grenades et des caroubes ; et les lourdes grappes de raisin, outre la fraîcheur de la treille, procuraient un vin d'excellente qualité.

Sékhet éprouvait le désir de courir jusqu'au bassin et d'y nager pendant un long moment ; nul plaisir n'était si intense. Mais des tâches urgentes l'appelaient.

Elle traversa la grande salle de réception où son père organisait de fastueux banquets qu'honoraient de leur présence quantité de notables. Les femmes de ménage la lavaient à grande eau, les balayeurs s'occupaient des pièces annexes ; fréquentes, des fumigations assuraient une hygiène indispensable, clé majeure de la santé privée et publique à laquelle le roi était particulièrement attaché.

Alors que Sékhet abordait l'imposant vestibule de la villa, son père lui barra le passage.

— Tu sembles bien pressée, ma fille chérie !

Veuf depuis plusieurs années, l'imposant Kékou ne s'était pas remarié. Robuste quinquagénaire, il avait une tête carrée, des cheveux grisonnants et de petits yeux noirs, inquisiteurs, enfoncés dans leurs orbites. Excellent homme d'affaires, gestionnaire aux compétences reconnues, il était issu d'une famille de petits paysans et avait fait fortune grâce à un travail acharné, au point de devenir l'un des personnages importants de l'État. D'ici peu, il serait nommé ministre de l'Économie.

Tantôt brutal, tantôt charmeur, Kékou parvenait toujours à ses fins ; son personnel le redoutait et se gardait de le contrarier. Vu le haut niveau de salaire et les bonnes conditions de travail, on se bousculait pour entrer à son service.

De ses larges mains, il prit sa fille par les épaules.

— Pourquoi ne me réponds-tu pas ?

— C'est vrai, je suis pressée.

— N'oublie pas l'invitation à déjeuner du général Ramésou.

— Je lui ai envoyé une réponse négative.

— C'est ennuyeux...

— Père, je ne supporte pas ce bellâtre !

— Il est le fils aîné de Ramsès le Grand et te tient en haute estime.

— Banale flatterie afin de me séduire ! Ensuite, il passera à une autre.

— Ramésou sait que personne, même pas lui, ne traitera ma fille ainsi.

Sékhet sourit.

— Tu respectes mes choix et ma liberté, n'est-ce pas ?

— Sinon, serais-je digne d'être ton père ?

Ils s'embrassèrent, puis Sékhet se détacha.

— Ce déjeuner... Annulation définitive ? demanda Kékou.

— Définitive ! Et j'aimerais que tu me rendes un fier service.

Le front du notable se plissa.

— Lequel ?

— Puisque tu as tes entrées au palais, fais comprendre à ce général qu'il a perdu la bataille, et qu'il cesse de m'importuner.

Elle s'éloigna, vive et gracieuse.

Terrassé, Kékou hocha la tête ; le mariage de sa fille n'était pas pour demain.

Sékhet manie le sistre qui écarte les ondes négatives.
(Tombe de Nefer-Hotep.)

– 7 –

Sékhet se dirigea vers un bâtiment que protégeait l'abondant feuillage d'un vieux sycomore. Fermée par un verrou en bois, la porte était gardée en permanence. À l'approche de la jeune femme, le surveillant, armé d'un gourdin, se leva et s'inclina.

Il utilisa sa clé, Sékhet la sienne ; le verrou ôté, elle pénétra dans son laboratoire, l'un des mieux équipés de Memphis. Sur des étagères était disposée une impressionnante quantité de fioles, de vases et de pots de tailles diverses. Ils contenaient des liquides, des onguents, des poudres, des pigments et d'autres substances actives dont certaines, dangereuses, étaient difficiles à manier.

Dès son enfance, Sékhet s'était intéressée à l'art de guérir et à la magie qui permettait de modifier le cours du destin en percevant les forces invisibles, à l'origine de toute vie. Aussi était-elle devenue servante de la redoutable déesse Sekhmet à tête de lionne, laquelle envoyait contre l'humanité ses messagers, chargés de répandre la mort et la maladie, châtiments de cette race dévoyée, hostile à la lumière ; mais la déesse offrait également à ses adeptes les secrets de la guérison.

Encore fallait-il suivre une rude initiation, nécessitant courage et travail acharné ; à la vue de la gamine de seize ans, ses professeurs avaient prévu un échec cuisant. Cette fille de riche, si élégante et délicate, tournerait de l'œil face au premier blessé qu'on soumettrait à son examen. Entre les études théoriques, où elle s'était montrée fort brillante, et la réalité, il existait un fossé qu'elle ne franchirait pas.

Les enseignants se trompaient. Après avoir dévoré les traités de chirurgie, de médecine et de pharmacologie en moins d'un an et sans rien oublier d'essentiel, la jeune femme n'avait pas tremblé devant une plaie horrible et une fracture ouverte. Esprit calme, main sûre, geste juste, rapidité d'intervention, traitement adéquat… À la stupéfaction générale, Sékhet avait vite dépassé ses maîtres ! Aussi venait-elle d'être élevée à la dignité de prêtresse de Sekhmet et dirigeait-elle l'un des corps de médecins et de pharmaciens du grand temple de la déesse, à Memphis.

Grâce à la fortune de son père, très fier de la réussite de sa fille, elle avait pu installer son propre laboratoire, y réaliser des expériences et rechercher de nouveaux remèdes. Sa réputation ne cessant de croître, Sékhet était de plus en plus réclamée, mais n'accordait aucun privilège aux familles aisées, n'adoptant comme critère que la gravité des cas.

Chargée de décontaminer une maison qu'agressaient des démons, elle choisit trois pots en albâtre sur lesquels étaient gravées les figures de deux génies bienfaisants, Bès, nain barbu et joyeux, et Thouéris, hippopotame femelle détenant le signe hiéroglyphique signifiant « protection ». La jeune femme les disposa soigneusement dans un petit sac en cuir, sortit de son laboratoire et, en compagnie du surveillant, en referma la porte.

Elle emprunta l'allée menant au porche monumental où l'attendait sa chaise à porteurs.

Là, des éclats de voix.

L'intendant du domaine réprimandait un gardien qui avait pris la relève avec un retard inexcusable.

Décidément, le Vieux ne passait rien à personne !

Penaud, le fautif assura qu'il ne commettrait pas une seconde fois la même erreur ; manifestant une mansuétude inhabituelle, le Vieux, à l'issue d'une ultime remontrance, consentit à lui donner sa chance.

Sékhet éprouvait une profonde affection pour l'intendant, tellement attaché à la bonne marche de la maisonnée qu'il se privait de sommeil et renonçait à plusieurs jours de congé. Perfectionniste, le Vieux traquait les menteurs, les tricheurs et les feignants ; à ses yeux, l'excellence du travail était la valeur suprême, et la paresse un vice impardonnable.

En tant que thérapeute, Sékhet condamnait les pratiques alimentaires de l'intendant et sa consommation de vin, outrepassant les limites du raisonnable ; pourtant, sa santé n'en souffrait pas, et il avait de l'énergie à revendre. Il épuisait de jeunes gaillards, incapables de suivre son rythme.

En cas de douleurs, le Vieux changeait de vin blanc et absorbait un rouge corsé qui le remettait d'aplomb. Et une courte sieste, lors des fortes chaleurs, achevait de le rétablir. Courant d'un endroit à l'autre du domaine, du matin au soir, il vérifiait la qualité des nourritures et des objets sortant des ateliers, harcelait les jardiniers prompts à s'endormir à l'ombre des palmes, s'assurait du meilleur traitement réservé aux animaux et de la propreté des divers locaux. L'intendant n'en avait jamais fini, et cette persévérance forçait le respect.

— Ne sois pas trop sévère, recommanda Sékhet.

— Si je relâche la bride, ne serait-ce qu'un instant, ce sera la débandade ! L'humain est un bâton tordu qu'il faut sans cesse redresser. Ne pas le reconnaître conduit au désastre et, malgré votre jeune âge, vous le savez aussi bien que moi !

La prêtresse de la déesse-Lionne n'émit pas d'objection.

— Partez-vous encore combattre des démons ? demanda le Vieux.

— Une maison hantée. Ses habitants sont en proie à la panique.

— Soyez prudente... Certaines forces sont redoutables !

— Tu m'as l'air inquiet, voire très inquiet... De graves soucis ?

— L'ordinaire de mes journées. À ce soir, et ne prenez pas de risques.

Sékhet était troublée ; contrairement à son habitude, le Vieux ne lui disait pas la vérité, et cette attitude la surprenait. Entre eux régnait une telle complicité qu'ils ne se cachaient pas leurs soucis réciproques, et le simple fait d'en parler les allégeait.

Cette fois, le Vieux se taisait : il devait avoir une raison sérieuse. Soucieuse, la jeune femme monta dans sa chaise à porteurs.

*

Le mage noir s'assura qu'il n'était pas suivi. Bien que personne ne le soupçonnât, il se méfiait d'éventuels curieux, étonnés de voir un étranger s'aventurer au sein de cet endroit sauvage, loin des habitations et des zones cultivées.

Un rideau de roseaux hauts de six mètres masquait un sentier menant à une cabane en bois entourée d'herbes folles que même les pêcheurs et les bateliers ne pouvaient apercevoir.

Sur le seuil, des cadavres de serpents, d'oiseaux et de rongeurs. Le mage y avait déposé suffisamment de poison pour empêcher tout intrus de violer son domaine. En y posant le pied, un humain ne survivrait pas longtemps.

Ici, le sorcier avait appris son art maléfique, expérience après expérience, parfois au risque de sa vie ; les résultats ne lui donnant qu'une satisfaction mesurée, il cédait presque au découragement lorsqu'un beau succès l'avait convaincu de continuer. En offrant une robe envoûtée à une servante de la cour royale, enfin l'effet escompté !

Grâce à un morceau de tissu provenant de ce vêtement, le mage noir connaissait les pensées de cette femme et voyait ce que ses yeux voyaient. Il passait avec elle de pièce en pièce, et découvrait une partie du domaine royal de Memphis.

Aujourd'hui, il comptait progresser.

La porte de la cabane s'ouvrit en grinçant ; sur le plancher gisait une statuette en pierre cuite percée d'une longue aiguille. À supposer qu'un curieux eût franchi le barrage mortel, impossible d'échapper à ce second piège : jaillissant de la statuette, l'aiguille lui aurait traversé la gorge.

Le mage noir déroula un papyrus couvert de hiéroglyphes déformés, dessinés à l'encre rouge ;

en lisant le texte à haute voix, il maudit le pharaon, sa famille et sa capitale. En raison des protections dont bénéficiait le souverain, cette attaque n'aurait que des conséquences mineures, mais elle contribuerait à le troubler. Et le mage noir allait augmenter sa collecte d'informations en utilisant, à son insu, un nouvel auxiliaire dans le proche entourage de Ramsès. Ainsi connaîtrait-il les décisions et les projets du roi, avantage essentiel tout au long du rude combat qui le mènerait à la victoire.

Cette démarche ne lui faisait pas oublier sa priorité absolue : empêcher quiconque de s'emparer du vase scellé, désormais sa propriété et son arme majeure. Depuis la première dynastie, il avait préservé le secret de la vie ; à présent, grâce aux interventions du mage, il répandrait la mort.

Exposé aux émanations provenant d'une dizaine de coupelles contenant des macérations de poisons végétaux, un bracelet, au terme d'un mois de ce traitement, était prêt à l'emploi.

Le mage était satisfait de ce petit chef-d'œuvre. Quand le haut dignitaire le porterait, il deviendrait un parfait informateur.

Le sorcier renversa les coupelles, détruisit la figurine et laissa ouverte la porte de la cabane dont il n'avait plus besoin. Ici, il avait beaucoup appris de ses échecs et de ses doutes ; passé maître en son art, apte à manier les pires forces de destruction, il se servirait d'autres locaux mieux adaptés à ses ambitions.

Quant au vase scellé, personne ne découvrirait sa cachette.

Le mage manie ses pouvoirs,
sous la forme de couteaux.
(*Livre de sortir au jour*, chapitre 182.)

– 8 –

Un couple de jeunes paysans, deux enfants, une petite maison à la lisière du désert. L'entrée dédiée aux ancêtres, la salle à manger, trois chambres à l'étage, une terrasse, une cave, une cuisine en plein air, des sanitaires. L'ensemble était propre et agréable.

Pourtant, depuis deux mois, la famille ne parvenait plus à dormir. Plusieurs fois par nuit, les meubles grinçaient, les murs se mettaient à suinter et des écharpes de brume traversaient les pièces, semant la peur.

La mère serra les mains de Sékhet.

— Aidez-nous, je vous en supplie ! Nous sommes épuisés et commençons à perdre la raison. Si ces attaques continuent, nous devrons quitter notre village… Mais où aller ?

— Le combat n'est pas perdu, estima la prêtresse de Sekhmet, rassurante. Je dois d'abord examiner chaque pouce de ta demeure.

— À votre guise !

— Ton mari ou toi, avez-vous des ennemis ?

La femme réfléchit.

— Une amie d'enfance qui voulait l'épouser... Comme elle l'approchait de trop près, je suis intervenue. Et nous sommes brouillées à mort.

— Pratique-t-elle la magie ?

— Elle, non ; mais on dit que sa mère, récemment décédée, avait utilisé les services d'un sorcier ambulant.

— T'aurait-on volé quelque chose, ces dernières semaines ?

— Non... Ah, si ! Un livreur de jarres de bière nous a dérobé une natte usagée. Je n'ai même pas songé à porter plainte.

— Où se trouvait-elle ?

— Sur le sol de la cave.

Sékhet examina aussitôt les lieux et ne tarda pas à ressentir un malaise. À première vue, rien d'anormal ; en vérifiant le bouchon de chaque jarre, elle en découvrit un, formé d'un tissu souillé, recouvert d'herbes coupantes et de débris de natte.

Après avoir enveloppé la jarre d'un épais chiffon, elle la remonta à l'air libre et l'exposa au soleil.

De la fumée nauséabonde sortit du bouchon, la panse explosa et un liquide noirâtre se répandit.

Effarés, le couple et les enfants se serrèrent les uns contre les autres.

— Le maléfice est rompu, déclara Sékhet ; néanmoins, des précautions sont nécessaires afin d'effacer ses traces. Sortez toutes vos nattes et tous vos coussins, qu'ils soient inondés de lumière jusqu'à ce soir.

La prêtresse pénétra dans le vestibule et y déposa une figurine de Bès hilare, jouant de la harpe. Ses vibrations disperseraient les émanations nocives.

— Vous ne serez plus importunés, promit la thérapeute.

— Vous nous sauvez la vie ! s'exclama la mère ; comment vous payer ?

— Votre soulagement me suffira.

— Je refuse, je...

— Vous n'êtes pas riches, vos enfants sont jeunes ; oubliez cet incident, et soyez heureux.

La jeune femme remontait déjà dans sa chaise à porteurs ; des malades attendaient sa visite.

*

Le soir tombait, le doux vent du nord ôtait la fatigue et invitait hommes et bêtes à prendre du repos. C'était l'heure d'une bière légère ou d'un rosé qui ouvrait l'appétit ; ne parvenant pas à choisir, le Vieux s'offrit les deux, tant il avait soif, à la suite d'une inhabituelle succession d'ennuis. Un retard de livraison, un accident bénin à l'atelier des menuisiers, des outils à réparer, un jardinier à mettre au pas... Il était temps de se désaltérer.

Assis au bord de la pièce d'eau, il vit arriver Sékhet, toujours aussi belle et aérienne. Une ombre de lassitude altérait la douceur de son visage.

— J'aimerais un peu de vin, demanda-t-elle en s'asseyant à côté de l'intendant.

— Journée difficile ?

— Une malade que personne ne pourra guérir... Je réussirai seulement à supprimer la douleur.

— Vous ne supporterez jamais l'épreuve de la mort, affirma le Vieux en remplissant une coupe qu'il offrit à Sékhet ; inutile de chercher à vous endurcir. Même moi, je ne m'habitue pas. Alors, buvons !

Pétillant et frais, le rosé était une merveille ; à chaque gorgée, le Vieux sentait son énergie renaître.

— Pourquoi es-tu si préoccupé ? interrogea la jeune femme.

— Un tas d'ennuis divers et variés... Je fais face.

— Je n'évoque pas les difficultés habituelles, mais un grave souci.

— Je ne prends rien à la légère, car un incident mineur peut dégénérer.

— Nous nous connaissons bien et nous nous estimons, rappela Sékhet ; tu me caches la vérité.

— La vérité... Elle devrait être notre nourriture quotidienne. Sans elle, pas de bonheur possible.

— Alors, dis-la-moi !

— Cette soirée n'est-elle pas un enchantement ? Il faut apprendre à savourer ces instants-là.

Sékhet comprit que le Vieux avait décidé de se taire, et cette attitude surprenante la troubla davantage. Son secret était-il lourd de menaces ?

*

Les fantassins défilèrent dans un ordre impeccable. Uniformes neufs, boucliers d'apparat, lances aux pointes de bronze scintillantes sous le soleil... Puis les archers prirent position et lâchèrent leurs flèches au même instant. Pas une ne manqua sa cible.

— Impressionnant, avoua Kékou, installé à gauche de Ramésou sur le char du général que tiraient deux superbes chevaux bais.

— Je tiens beaucoup à la discipline et aux exercices intensifs, déclara le fils aîné du roi, fier de ses troupes. Ces derniers temps, à Memphis, la garnison s'amollissait, et j'ai interrompu cette dérive. La dernière campagne de Nubie fut instructive : face à des ennemis brutaux et rusés, la moindre défaillance serait fatale.

— Les tribus restent-elles menaçantes ?

— Cette fois, elles ont compris la leçon ! Le pharaon bâtira plusieurs sanctuaires en Nubie, et la prospérité éteindra les velléités de révolte. Cependant, je ne diminue pas l'effectif des forteresses, et nos soldats demeurent vigilants. Et je n'oublie ni les Libyens, à l'ouest, ni les Hittites, au nord-est, toujours prêts à emprunter le couloir syro-palestinien pour tenter d'envahir l'Égypte. Croyez-moi, ils trouveront à qui parler !

La démonstration terminée, les deux dignitaires descendirent du char ; un aide de camp avança deux sièges pliants, un échanson leur offrit des coupes de bière.

— Mon père apprécie le sérieux de votre gestion, révéla le général à Kékou ; votre nomination au poste de ministre de l'Économie ne tardera pas.

Le superviseur des greniers royaux inclina la tête.

— Servir son pays n'est-il pas le vrai bonheur ?

— Il en est un qui m'est refusé, déplora Ramésou ; l'attitude de votre fille me blesse.

— Pardonnez-lui, je vous en prie ; Sékhet est jeune et impulsive, elle a un caractère entier et, même moi, son père, ne parviens pas souvent à lui faire entendre raison.

— En Égypte, déplora le général, impossible de donner un ordre à une femme ! Ailleurs, elle aurait été contrainte de m'épouser. Appartenir à la cour royale lui déplairait-il ?

— Bien sûr que non ! Le temps jouera en votre faveur, et la patience sera votre meilleure arme. Sékhet est intelligente, elle finira par se rendre à l'évidence.

— Les dieux vous entendent !

— Soyez-en certain, j'userai de toute mon influence.

— Ma gratitude vous est acquise, Kékou.

De la poche de sa tunique, le superviseur des greniers royaux sortit un coffret en sycomore, finement travaillé.

— Permettez-moi de vous offrir un modeste présent.

Intrigué, Ramésou ouvrit le coffret ; il contenait un bracelet en cuivre.

— Mon atelier d'orfèvres me le destinait, révéla Kékou, mais je le juge si réussi qu'il conviendra mieux à un prince.

Le général le passa à son poignet gauche ; le fermoir fonctionnait à merveille.

— Je l'accepte, afin de sceller notre amitié.

Kékou se leva et s'inclina.

— Cet honneur me touche profondément.

– 9 –

Le temple du dieu Ptah, « le Façonneur », était le plus imposant de Memphis[1]. En bois doré, les portes de l'immense édifice étincelaient sous le soleil ; deux colosses de Ramsès, édifiés au début du règne, gardaient l'entrée du territoire divin.

À proximité se dressait le temple de l'épouse de Ptah, la déesse-Lionne Sekhmet, patronne des thérapeutes, que les ritualistes devaient apaiser chaque jour, de manière à éviter son feu destructeur et à s'attirer ses bonnes grâces. Ne détenait-elle pas le secret de la guérison et de la maîtrise des éléments ?

Ce soir-là, l'ensemble des prêtres et des prêtresses était convoqué afin de préparer les rituels visant à conjurer les dangers de l'année finissante et à favoriser la naissance de l'an nouveau. Pendant cinq jours, les émissaires de Sekhmet tenteraient de déferler sur les Deux Terres, et d'y semer malheurs et maladies. Aux ritualistes de les repousser et d'empêcher un cataclysme.

1. *Hout-ka-Ptah*. Le Domaine de la puissance créatrice de Ptah.

Cette dernière réunion était l'occasion de relire les textes anciens, chargés de magie, et d'inventorier les objets nécessaires à la mise en œuvre du culte. La Supérieure du temple prononça les mots de puissance, éveilla le feu devant la statue en basalte de Sekhmet, femme assise à la tête de lionne, et la pria de favoriser l'action de ses fidèles.

Sékhet vécut pleinement la solennité du moment, mais l'inquiétude la hanta au moment où ses collègues se dispersaient ; quel lourd secret dissimilait le Vieux ?

— Un souci ? demanda la Supérieure, une septuagénaire alerte, à l'esprit acéré.

Inutile de mentir, elle lisait dans les pensées et ne supportait pas les faux-fuyants.

— Un péril rôde, et j'en ignore la nature.

— Approfondis la science de la déesse, et tes perceptions te permettront de voir clair.

— Puis-je rester au temple, cette nuit ? J'aimerais y méditer.

La Supérieure conduisit la jeune femme à une petite chapelle qu'éclairait une seule lampe ; là régnait une atmosphère si sereine qu'elle dissipa les craintes de Sékhet. Les murs étaient couverts de hiéroglyphes, offrant les formules de fabrication de divers remèdes ; la jeune thérapeute les assimila une à une, heureuse d'enrichir son savoir.

Soudain, un rayon de lune passa par une minuscule fenêtre aménagée au plafond ; la lueur argentée sembla tracer des signes. Étonnée, Sékhet parvint à les lire : « Enseignement de l'art du médecin. Écoute la voix du cœur, décèle le chemin des énergies… » Et le texte se poursuivit, composant un véritable livre !

Tout au long de la nuit, les phrases s'inscrivirent, fournissant diagnostics et thérapies. Quand la première lueur de l'aube remplaça la lumière argentée, un papyrus inestimable était déroulé sur le sol de la chapelle.

N'osant y toucher, Sékhet alla chercher la Supérieure et lui décrivit le miracle. La vieille prêtresse contempla le document.

— Ce nouveau livre de médecine t'appartient, décréta-t-elle. Emporte-le et choisis un scribe d'élite pour en faire des copies qui seront attribuées aux grands temples. Les dieux te parlent, Sékhet ; c'est un grand privilège, mais aussi un danger. À toi de te montrer digne de ta fonction et de ne pas céder à l'appel des ténèbres. Souviens-toi que notre vénérée patronne, la lionne Sekhmet, est « la Terrifiante ».

*

La nuit durant, Setna avait recopié la première partie de l'*Enseignement d'Imhotep*, le créateur de la pyramide à degrés de Saqqarah, premier monument géant en pierres de taille. Le sage y recommandait la vénération des Anciens et l'écoute attentive de la parole de Dieu et des dieux, manifestée sous mille et une formes vivantes, depuis les étoiles formant le corps de la déesse-Ciel jusqu'à l'épi de blé, preuve de la résurrection d'Osiris.

Son travail terminé, le jeune homme disposait de la quantité suffisante de papyrus et de tablettes qu'il devrait livrer à l'école du temple de Ptah. Il remplit quatre sacs de cuir, en porta un dans le dos grâce à des lanières, un deuxième en bandoulière et les deux derniers à bout de bras.

À proximité de son bureau, le service postal lui prêterait un âne.

Mais, ce matin-là, aucun préposé à quatre pattes n'était disponible ; chargé comme un baudet, le scribe s'acquitta lui-même du transport. La matinée étant particulièrement chaude, le trajet fut pénible.

En s'approchant du temple de Sekhmet, Setna songea aux ritualistes occupés à repousser les forces nocives pendant les cinq journées périlleuses précédant la naissance de la nouvelle année et le retour de la crue, tant attendue. Parfois, elle se montrait dévastatrice ; parfois, insuffisante. Depuis le début du règne de Ramsès, elle atteignait chaque année un niveau parfait, synonyme d'abondance et de prospérité ; le roi rendait hommage aux dieux, communiait avec Hâpy, le dynamisme secret du fleuve, accomplissait le rituel d'offrandes, et les puissances de l'au-delà gratifiaient son peuple de leurs bienfaits. Ce dernier aimait son souverain, le jugeant digne de gouverner et capable d'assumer la fonction suprême ; sans cette reconnaissance et ce lien profond, l'Égypte aurait périclité.

Soudain, il la vit.

Une jeune femme à la démarche noble, au visage lumineux, aux hanches minces, aux doigts semblables à des boutons de lotus.

La beauté.

La beauté qu'il découvrait pour la première fois et qui le bouleversa.

Et l'accident se produisit : la lanière de son sac à dos se rompit, il tomba à terre et son contenu se répandit. Consterné, Setna lâcha les autres sacs, victimes d'un sort identique.

Rouge vif, le scribe tenta de rassembler les papyrus et les tablettes éparpillés.

Un éclat de rire salua ses efforts.

— Pardonnez-moi, s'excusa Sékhet, je n'ai pu me retenir ! Vous êtes trop chargé, me semble-t-il ; acceptez-vous mon aide ?

— Oui, oui...

Comment la quitter des yeux ? Ses mouvements n'étaient que grâce, sa voix enchantait.

Maladroit, Setna essaya d'agripper un maximum d'objets ; moins nerveuse, Sékhet se montra plus efficace. Au passage, elle lut quelques lignes.

— Des extraits de *Sagesses*, remarqua-t-elle. Les avez-vous recopiés de votre propre main ?

Affirmer qu'il n'était qu'un simple livreur ? Setna n'osa pas mentir.

— C'est mon travail, murmura-t-il.

— De la belle ouvrage ! À qui est-elle destinée ?

— À l'école du temple de Ptah.

— Ah, vous êtes professeur !

— Oh non, pas encore !

Sékhet réexamina un papyrus.

— Vu votre qualité d'écriture, vous le serez bientôt.

— J'ai tellement à apprendre !

Nerveux, Setna enfourna les papyrus dans les sacs.

— Prenez votre temps, recommanda la jeune femme, il serait dommage de les abîmer.

Le scribe ralentit l'allure.

— Vous devez être… au moins une prêtresse !

— Simple servante de Sekhmet ; mon nom est Sékhet, fille de Kékou.

— Le superviseur des greniers royaux ?

— Lui-même.

— Et vous… vous êtes médecin ?

— Je tente de soigner, en effet.

— Une tâche immense !

— Surtout difficile… J'aimerais guérir tous mes patients, mais il faut accepter l'inéluctable.

— Moi, j'aurais totale confiance en vous !

Setna s'empourpra de nouveau ; jamais il n'aurait dû s'exprimer ainsi !

Chargé de ses sacs, il tardait à s'éloigner.

« Quel étrange garçon, pensa Sékhet ; timide, malhabile, sincère et séduisant. » Elle ressentait un trouble inédit et regrettait de n'avoir pas prolongé cette conversation anodine.

Simple incident, vite oublié ; mais cette rencontre n'était-elle pas un signe du destin ? Sékhet le rejoignit.

— Accepteriez-vous de me rendre un service ?

— Certainement, répondit Setna, si j'en suis capable !

— Aucun doute, puisqu'il s'agirait de me fournir des copies d'un papyrus médical de première importance.

Le scribe posa ses sacs.

— Je m'acquitterai de cette tâche le plus rapidement possible, promit-il.

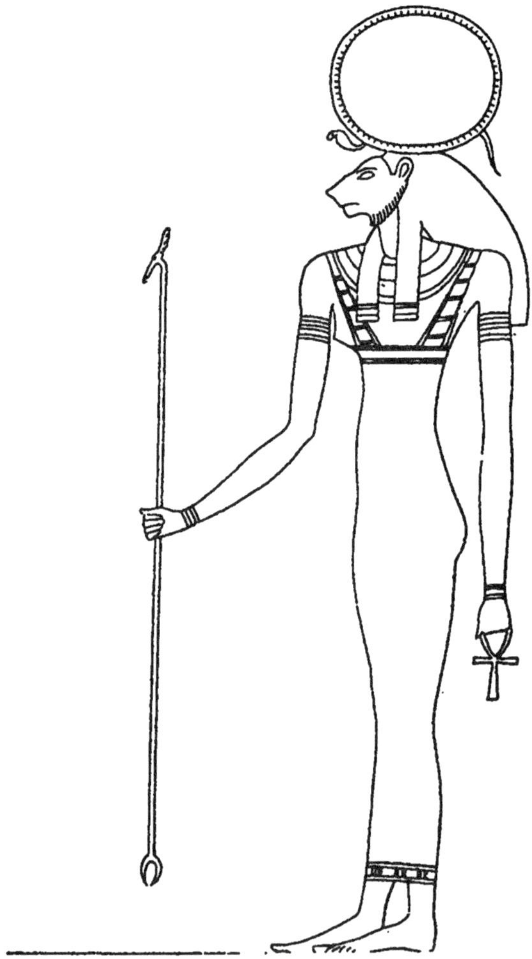

Femme à tête de lionne, Sekhmet est « la Terrifiante »,
qui peut répandre le malheur ; mais elle est aussi
la patronne des médecins. (D'après Champollion.)

– 10 –

Cette fois, malgré sa charge, Setna s'éloigna à grands pas : à l'évidence, il songeait à tenir ses engagements. Cet empressement toucha la jeune femme. « Et j'ai oublié de lui demander son nom ! » s'étonna-t-elle. Sans importance, il saurait où la trouver.

— Amusante rencontre, remarqua une voix grave.

Sékhet se retourna.

— Père ! Tu as tout vu ?

— Je supervisais une livraison de céréales au temple de Ptah.

— Un miracle vient de se produire : la lumière de la lune a écrit un traité médical que m'a offert la Supérieure des ritualistes de Sekhmet. Et j'en ai confié la copie à ce scribe maladroit qui, cependant, possède une main précise.

— Ainsi, ma fille chérie, la lumière de la nuit t'a gratifiée de ses bienfaits ! Sois assurée de mon admiration.

— Je dois encore la mériter, tant il me reste à apprendre ! Ce texte m'a révélé nombre de remèdes nouveaux.

— Sais-tu à qui tu t'adressais ?

— Je lui ai donné mon nom en omettant de demander le sien, avoua Sékhet.

— Ce scribe maladroit est Setna, fils de Ramsès le Grand et d'Iset la Belle, frère cadet du général Ramésou.

La jeune femme eut de la peine à dissimuler sa surprise.

— Et il porte lui-même ses sacs ?

— C'est un original, dépourvu d'ambition ; au lieu de suivre une carrière militaire ou de s'imposer à la cour de la capitale, il préfère résider à Memphis et suivre l'enseignement des érudits du temple de Ptah. Mais son comportement héroïque, lors de la dernière campagne de Nubie, lui a attiré la sympathie de plusieurs dignitaires. Setna cacherait-il son jeu ? Ramésou s'en inquiète.

— Imagines-tu vraiment ce jeune scribe en uniforme de général ?

— Certains êtres sont des dissimulateurs-nés ; ne sois pas naïve et reste sur tes gardes.

— As-tu revu Ramésou ?

— Il soutient ma nomination au poste de ministre de l'Économie, mais déplore ton attitude à son égard. S'il apprend que tu es entrée en contact avec son frère, il manifestera son mécontentement.

— Je n'ai demandé à Setna qu'un modeste travail de scribe !

— Je ne te le reproche pas ; sache que Ramésou désire ardemment t'épouser.

— Tu connais ma réponse.

— Tu es brillante et intelligente, tu deviendras la Supérieure des médecins du royaume... à condition d'accepter des concessions.

— Pas celle-là, père.

Kékou embrassa sa fille.

— Nous en reparlerons ; je veux m'assurer que la livraison a été effectuée sans problème. Les surveillants du temple de Ptah sont pointilleux.

Sékhet était perdue dans ses pensées. Setna, fils de Ramsès, lui si simple, si humble... Quelle importance, après tout ? Une rencontre banale, un labeur technique à effectuer, rien de plus. Le scribe lui remettrait ses copies, elle les transmettrait aux temples, ils n'auraient guère l'occasion de se revoir.

Et l'inquiétude ressurgit : pourquoi le Vieux se taisait-il ? Elle en était persuadée, ce silence obstiné cachait un drame. Sékhet voulait en connaître la nature.

*

Assurer la sécurité de l'immense nécropole de Memphis n'était pas une mince affaire. Le sphinx, les pyramides du plateau de Gizeh, celles de Saqqarah, les nombreuses demeures d'éternité des dignitaires contenant d'inestimables trésors ! Issu d'une famille de menuisiers, Rési avait choisi d'appartenir au corps de police chargé de surveiller ces sites sacrés ; son sérieux lui avait valu une promotion rapide, accélérée par le décès de deux supérieurs hiérarchiques. La quarantaine épanouie, il commandait à présent deux cents hommes, effectif juste suffisant pour remplir correctement ses devoirs.

La présence de serviteurs du *ka*, chargés d'assurer le culte de l'âme immortelle des pharaons de l'âge d'or, était indispensable, car ils ne manquaient pas de lui signaler la moindre anomalie.

La paix de ces lieux était essentielle. Des monuments, émanait une puissance lumineuse, garante de la stabilité de l'État ; cette source de l'au-delà vivifiait Pharaon et son peuple. Rési et ses policiers avaient conscience de ne pas accomplir une simple tâche de maintien de l'ordre, mais bel et bien un devoir sacré.

Chaque matin, à l'aube, rapport des préposés en poste pendant la nuit, puis relève de la garde avec contrôle des effectifs. Toute absence devait être justifiée, sous peine de sanctions allant jusqu'au renvoi immédiat.

En apparence, une journée ordinaire ; vainqueur des ténèbres, un nouveau soleil commençait à illuminer Memphis. Les bâtiments administratifs se trouvaient à la lisière du désert, à proximité d'une palmeraie, d'un potager et d'un verger ; l'hygiène y était stricte, le règlement appliqué à la lettre.

Rési en personne écoutait les rapports, prenait des notes et les classait dans les archives. En cas d'incident, il se rendait sur place et adoptait les mesures nécessaires. À maintes reprises, il avait signalé que certaines pyramides exigeaient des réfections ; la décision n'était pas de son ressort.

Le pire danger était l'attaque des démons du désert, assoiffés de sang, notamment le griffon et la panthère ailés ; aussi les veilleurs étaient-ils armés de lances, d'arcs et de flèches, sans oublier des amulettes dissuasives. À l'approche de la nouvelle année, d'autres monstres pouvaient sortir de leurs antres ; prudent, Rési avait déployé un maximum de gardes expérimentés.

Pressés d'aller dormir, les vigiles défilèrent dans le bureau de leur patron en prononçant les mêmes termes : rien à signaler.

Le superviseur s'apprêtait à boire un bol de lait, quand, en consultant son tableau de service, il s'aperçut de l'absence de quatre policiers. Et leur lieu d'affectation le fit frémir : la porte orientale du site et, précisément, les abords de la tombe maudite !

Peut-être un banal retard.

Rési patienta une bonne heure, de plus en plus nerveux. Pas de doute, un incident s'était produit.

— Dix hommes avec moi, ordonna-t-il ; vérifiez vos armes.

À marche forcée, ils gagnèrent l'objectif.

Le désert, des dunes, une tombe au toit plat. Ni chant d'oiseau ni souffle de vent.

— Où sont nos camarades ? s'inquiéta un officier.

— L'entrée de la tombe se situe au nord ; la première moitié par la gauche de l'édifice, la seconde par la droite. En avant !

La démarche mal assurée, les membres de l'escouade obéirent.

Les quatre cadavres de leurs camarades étaient empilés le long de la façade occidentale de la tombe ; à la surprise de Rési, pas de blessure apparente. Un combat contre des monstres aurait forcément laissé des traces.

Bouleversés, les policiers disposèrent les corps côte à côte. Une peur panique marquait les visages des défunts.

— Chef, venez voir !

Devant l'entrée de la tombe, des ossements calcinés.

En les examinant, Rési aboutit à une conclusion incroyable : des restes humains ! De quelles abominations cette tombe avait-elle été témoin ?

Et la liste des catastrophes n'était pas close : la porte du sépulcre, interdit à quiconque, avait été fracassée ! Verrous et jambages brisés, trou béant. L'auteur des meurtres s'était-il aventuré à l'intérieur ? En aucun cas, exigeaient les instructions de Rési, la tombe maudite ne devait être violée.

Fallait-il y pénétrer ?

Désemparé, Rési n'osa pas franchir le seuil et n'ordonna pas à ses subordonnés de courir un tel risque.

Seule solution : alerter les autorités supérieures.

— Je vais chercher du renfort, annonça-t-il à l'escouade.

— Chef, confessa un policier, on crève de peur !

— Les démons du désert n'attaquent pas le jour, et je reviendrai très vite ; ne bougez pas d'ici.

– 11 –

Assisté d'une unité d'élite, le maire de Memphis s'approcha de la tombe maudite en compagnie de Rési, dont les hommes ne cachèrent pas leur soulagement. Le notable les rassembla.

— Vous n'avez rien vu, déclara-t-il, et vous n'êtes jamais venus ici. Si vous bavardez, si vous prononcez ne serait-ce qu'une parole de trop, vous serez arrêtés pour haute trahison et lourdement condamnés. Cette affaire est un secret d'État, et j'exige que vous prêtiez serment de garder le silence.

Les interpellés s'exécutèrent aussitôt.

Les fantassins se disposèrent autour du tombeau, prêts à intervenir ; des momificateurs emportèrent les cadavres des gardes qui seraient inhumés dans un lieu écarté.

— Accompagne-les, Rési, ordonna le maire ; dès demain, tu quitteras Memphis pour Thèbes où tu rempliras une fonction d'administrateur. Dois-je préciser que, toi aussi, tu es soumis au silence absolu ?

Rési ne demanda pas son reste, heureux de quitter ces lieux terrifiants.

Homme de confiance de Ramsès, le maire de Memphis était un excellent gestionnaire, apprécié de l'ensemble des habitants. La prospérité de sa ville et le rayonnement de Ramsès avaient occulté l'existence de cette tombe maudite, vouée au néant.

Le maire était l'un des rares dignitaires à savoir qu'elle contenait un trésor dangereux, heureusement inaccessible.

Face à la porte d'entrée, il se prit à douter.

En cas d'extrême urgence, il était autorisé à explorer le sépulcre afin de vérifier si rien n'avait été dérobé. Bien qu'il ne fût pas peureux, le notable hésita. Ce trou béant ne ressemblait-il pas à une gueule d'enfer ? Le maire aurait préféré, comme au temps de sa jeunesse, affronter à mains nues une bande de costauds !

— Puis-je vous assister ? demanda le commandant de l'unité d'élite.

— Si je ne ressors pas, si tu entends des cris, n'interviens pas : contente-toi de boucler hermétiquement cette tombe, et avertis sans délai le roi de ma disparition.

— Désirez-vous une arme ?

— Ce ne sera pas nécessaire.

Inquiet, l'officier regarda le dignitaire s'engouffrer à l'intérieur du tombeau.

Un couloir en pente raide, où l'on peinait à se tenir debout, s'enfonçait au cœur d'un massif calcaire. À la jonction avec le second couloir, un puits. Le maire l'enjamba et poursuivit sa progression. Pas besoin de torche car, des murs peints en rouge, se dégageait une lueur agressive.

Une petite salle, presque carrée. Des coffres en bois, remplis d'étoffes, d'amulettes et d'aliments momifiés ; ce mobilier funéraire, conforme à la tradition, semblait intact. L'espoir renaissait.

Restaient trois autres salles, formant le fond de la tombe.

Celle de gauche, dévastée, portait des traces d'incendie. Sur le sol gisaient les morceaux d'une statue d'Anubis, décapité ; celle de droite avait subi le même sort. Du sang recouvrait une effigie de Hathor.

Le cœur du maire se serra.

La chapelle centrale aurait dû contenir un naos en pierre, aux portes de bronze hermétiquement closes.

Par bonheur, il s'y trouvait bien et paraissait intact ! Un examen attentif dissipa cette joie prématurée.

Les verrous avaient été ôtés, les portes étaient entrouvertes, le naos vide.

Au bord des larmes, le dignitaire était témoin d'un désastre. Si un humain avait réussi à s'emparer du vase scellé, il possédait davantage de pouvoirs que le pharaon, et seule la magie noire lui avait permis de violer ce sanctuaire et d'en ressortir vivant, porteur de la plus terrifiante des armes.

Quand il ressortit de la tombe maudite, le maire avait vieilli de vingt ans, et le commandant eut de la peine à le reconnaître, tant les traits de son visage s'étaient creusés. Éteint, son regard semblait perdu.

— Nous partons immédiatement pour Pi-Ramsès, annonça-t-il d'une voix tremblante.

*

Doté d'une énergie inépuisable, Setna terminait sa dixième copie du papyrus médical que lui avait confié Sékhet. Maîtrisant son désir de lui donner très rapidement satisfaction, il avait tracé chaque signe avec précision et vérifié de multiples fois son travail, afin d'éviter toute erreur.

Disposant de l'autorisation du Chauve, il avait puisé dans le stock de papyrus neufs, de manière à fournir des exemplaires impeccables et durables. En utilisant ce texte miraculeux, les médecins sauveraient nombre de vies.

Parfois, Setna éprouvait des difficultés à se concentrer ; le visage de la jeune femme lui apparaissait, et il revoyait chaque épisode de cette rencontre si mal engagée. Nerveux, maladroit, il s'était montré ridicule et remâchait ses remords. Comme elle avait eu raison d'éclater de rire et de se moquer de lui ! Après un tel fiasco, il devait retrouver un semblant de dignité en lui prouvant ses qualités de scribe.

Savait-elle qu'il était l'un des fils de Ramsès ? Sans doute pas. Comment imaginer l'un des descendants de l'illustre monarque en porteur de sacs ! Un prince était forcément accompagné de dévoués serviteurs, préoccupés de son confort. Ramésou, lui, n'omettait pas de signaler son rang et ne passait pas inaperçu ; mais son frère aîné avait le goût du pouvoir, Setna celui de la lecture et de l'écriture. Vu la position de son père, Sékhet songeait à un mariage brillant qui lui ouvrirait les portes de la cour de Pi-Ramsès.

Mariage, amour… Des chimères ! Certes, Setna s'était épris de la beauté et du charme de cette jeune femme, à la grâce incomparable, et il aurait aimé s'entretenir avec elle de mille sujets, des heures durant ; cependant, leurs chemins n'avaient aucune chance de se croiser à nouveau, et le souvenir de cette unique rencontre ne tarderait pas à s'estomper.

Dix papyrus… La quantité demandée.

À l'instant où Setna roulait le dernier, le Chauve apparut.

— En as-tu terminé ?

— Cette tâche-là est remplie.

— Tant mieux, j'ai besoin de la copie d'un rituel de fête.

— Je suis à votre disposition.

— Livreras-tu toi-même ces papyrus ?

— Je préfère utiliser un porteur.

Le jeune homme n'osa pas demander si sa candidature avait été examinée ; les ritualistes du dieu Ptah détestaient l'impatience.

*

Épuisée, Sékhet s'allongea sur une natte au bord de la pièce d'eau ; elle ôta sa tunique et goûta les caresses du soleil couchant. Cette journée-là avait été rude… Une épaule déboîtée à remettre en place, un malaise cardiaque, une grave maladie pulmonaire, un enfant souffrant de convulsions, des collègues réclamant des conseils, et un tracas administratif à régler d'urgence ! La jeune femme n'avait mangé qu'un concombre et une galette, heureuse de pouvoir soulager ses patients.

La fatigue ressortait d'un coup, Sékhet avait besoin de fermer les yeux et de s'abandonner à la chaleur de cette soirée estivale.

Pourquoi le visage de Setna s'imposa-t-il, excluant les soucis du lendemain, prêts à l'envahir ?

Cette rencontre, si amusante fût-elle, n'aurait pas dû laisser la moindre trace. Malgré sa timidité et sa maladresse, le fils de Ramsès ne manquait pas d'allure, voire d'un certain charme, mais il se vouait à une austère carrière de scribe de haut rang, passionné de vieux textes.

Irritée contre elle-même, Sékhet plongea dans le vaste bassin.

Nager nue était un plaisir suprême ; le corps se faisait léger, lassitude et soucis disparaissaient.

Combien de temps Setna mettrait-il à écrire les copies ? Attachait-il une quelconque importance à ce labeur ? Livrerait-il en personne les papyrus ? Ne renoncerait-il pas à cette tâche ingrate, ne la confierait-il pas à un subalterne ?

Désireuse de repousser ces questions inutiles, la nageuse accéléra l'allure, jusqu'à s'en couper le souffle. Ruisselante, elle sortit du bassin, sans parvenir à chasser le jeune scribe de ses pensées.

Un air de flûte enchanta le crépuscule.

Le signal du dîner, un repas paisible en tête à tête avec son père.

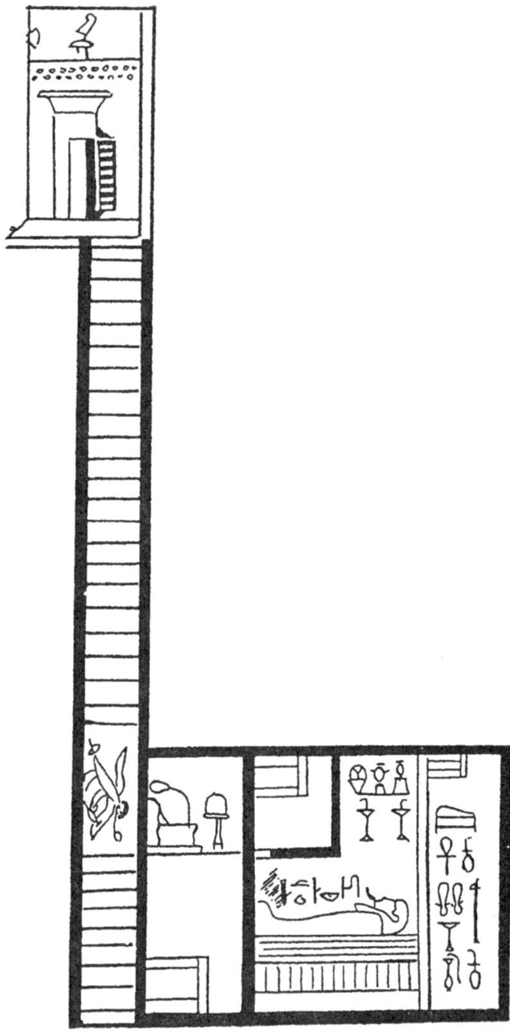

Sur la rive d'Occident, une porte donne accès à une fosse qui conduit à une tombe, la demeure d'éternité où repose une momie, entourée d'objets sacralisés et de hiéroglyphes protecteurs. (*Livre de sortir au jour*, chapitre 1.)

– 12 –

Le général Ramésou n'était pas mécontent. Au terme de deux mois de travail intensif, il avait éradiqué les défauts de la caserne de Memphis en imposant une stricte discipline et en redonnant le sens des responsabilités à des officiers assoupis. Quant aux hommes de troupe, fiers d'être en contact avec le fils aîné du pharaon, ils ne rechignaient pas devant les efforts demandés et se sentaient de meilleurs soldats, prêts à combattre les ennemis de l'Égypte. Et l'amélioration de l'ordinaire élevait le moral.

L'heure venait de regagner Pi-Ramsès et de reprendre en main les régiments d'élite. Ramésou se méfiait de quelques dignitaires qui, à mots couverts, critiquaient ses ambitions. Son rival le plus dangereux, cependant, ne restait-il pas Setna, son propre frère ? Impossible d'oublier son comportement en Nubie, qui ne ressemblait pas à celui d'un simple scribe.

L'aide de camp du général se présenta au rapport, lequel ne serait pas intégré aux documents officiels.

— Voici le résultat des enquêtes discrètes menées à propos de votre frère, annonça-t-il. Confidentialité parfaite, bien entendu ; impossible de remonter jusqu'à vous.

— Ta prime, elle aussi, sera confidentielle, promit Ramésou ; Setna a-t-il fréquenté des officiers supérieurs ?

— En aucune façon.

— Des dignitaires ?

— Pas davantage.

— À quoi occupe-t-il ses journées ?

— Il demeure enfermé dans sa bibliothèque, passe son temps à lire et à écrire. À l'heure actuelle, il travaille pour le Chauve, un ritualiste de la Maison de Vie de Memphis, dont la sévérité terrorise ses élèves.

— Setna n'est-il pas invité à des banquets ?

— Il prend ses repas chez lui et ne participe à aucune festivité ; son seul but, semble-t-il, est de devenir ritualiste au temple de Ptah. C'est pourquoi il se prépare à cette existence austère.

— Pas d'amis ?

— Un seul, Ched le Sauveur, récemment nommé directeur de la Maison des armes.

Nomination prématurée, aux yeux de Ramésou, d'autant que Ched était un baroudeur, pas un administrateur. Il se lasserait vite de cette fonction et serait remplacé.

— Et… les femmes ?

— Le désert, général.

— Vraiment pas la moindre distraction ?

— Pas la moindre.

Ramésou ne comprenait pas son jeune frère. Comment pouvait-on vivre ainsi, alors qu'on était fils de Pharaon et que le monde s'ouvrait devant soi ?

Ce rapport paraissait rassurant, les ambitions limitées de Setna ne contrarieraient pas celles de son aîné.

Un seul détail gênant.

— Ched le Sauveur a-t-il invité Setna à la Maison des armes ?

— En effet, et ce fut son unique sortie. Nous avons de bons informateurs dans la place ; Ched a fait visiter son nouveau domaine à son ami, qui n'y est pas retourné depuis.

A priori, Ched ne représentait pas un danger ; néanmoins mieux valait se montrer méfiant. Et si Setna l'utilisait afin de manipuler des gradés et de former un clan de partisans ?

— Continuons-nous la surveillance de votre frère ? demanda l'aide de camp.

— Non, mais je veux des rapports réguliers concernant le directeur de la Maison des armes ; la bonne gestion de cette institution doit être assurée, des failles compromettraient la sécurité de Memphis.

— À vos ordres ! Les préparatifs de notre voyage pour Pi-Ramsès sont achevés, et la cabine de votre bateau a été rendue plus confortable.

— Excellent, tu peux disposer.

Une dernière obligation mondaine à remplir, et le séjour à Memphis du général Ramésou serait terminé. Il avait hâte de revoir la capitale de l'empire et de s'imposer comme le digne successeur de son père.

*

Setna était la proie d'un dilemme. S'il ne livrait pas lui-même les copies du papyrus médical, Sékhet serait vexée, se sentirait outragée et déciderait de ne jamais le revoir ; mais s'il s'acquittait de cette tâche, ils entameraient une conversation et le scribe ne saurait pas quoi dire.

Il apparaîtrait encore plus stupide que lors de leur première rencontre et ne souhaitait pas subir cette humiliation. Restait pourtant à choisir, et l'impossibilité de se décider l'empêchait de dormir. Un argument pour, un argument contre, un argument pour, un argument contre... Et pas de solution.

Seul le travail lui procurait un peu de réconfort. À intervalles réguliers cependant, le problème lui taraudait l'esprit et troublait sa main ; Setna commettait tant de fautes en recopiant le papyrus confié par le Chauve qu'il en perdait patience et frappait du poing sur le sol. Ce manque de maîtrise l'irritait et le dévalorisait à ses propres yeux.

Lui, ritualiste du dieu Ptah ? Lui, accéder à ses mystères ? Une sinistre plaisanterie !

Alors qu'il prenait l'air à proximité de son bureau, Setna vit venir vers lui un messager, porteur d'un minuscule rouleau de papyrus.

— Je cherche le scribe Setna.

— C'est moi.

— Un message à votre intention.

Le fils de Ramsès ôta la ficelle, déroula le document et, avec étonnement, prit connaissance du texte.

Drôle de réponse à sa question ! Puisque le destin décidait à sa place, autant l'écouter.

*

Sékhet avait occupé sa journée de repos à étudier en détail le papyrus transmis par la lumière lunaire. Il mettait en exergue l'importance du cœur, non le muscle cardiaque, mais le centre immatériel de l'être que symbolisait le hiéroglyphe d'un vase scellé à deux anses. De lui, tout partait ; en lui, tout revenait. Émetteur et régulateur des énergies circulant à travers le corps, il devait rester stable et indemne, sous peine de voir déferler des maladies. Ce cœur avait une voix, perceptible grâce aux pulsations, à l'examen de la langue, de l'oreille, de la peau et à l'écoute du pouls. Des indications précises permettraient à la thérapeute d'affiner son diagnostic et de sélectionner des remèdes adéquats.

En raison de la forte chaleur, le rythme de travail s'était ralenti. Se montrant compréhensif, le Vieux accordait une sieste réparatrice aux employés du domaine. Mais pas question de paresser ! Une bière légère dynamisait les organismes, et les tâches quotidiennes ne souffraient pas de retard.

À l'ombre d'une pergola, Sékhet déjeuna en compagnie de son père qui, exceptionnellement, n'était pas retenu à Memphis.

— Je dois examiner des dossiers avec le maire, expliqua Kékou. Il est parti en urgence pour Pi-Ramsès. Sans doute une convocation du roi.

Des concombres, une marinade de poisson à l'aneth, un fromage frais, une salade de fruits et un vin blanc aux arômes délicats : ce repas d'été se révéla succulent.

— J'ai pris une décision qui t'amusera, révéla Kékou ; tu as travaillé très dur ces dernières semaines, il est temps de te distraire.

— Tu m'intrigues, père !

Le notable eut un étrange sourire.

— Demain soir, j'offre un banquet qui rassemblera les principaux dignitaires de Memphis et leurs épouses, et nous aurons deux invités d'honneur.

Sékhet fronça les sourcils.

— Je n'ose supposer...

— Tu as perçu mes intentions, ma fille chérie ! Ces deux hôtes sont le général Ramésou et son frère Setna, lesquels ont reçu une invitation en bonne et due forme. Les deux fils du pharaon à notre table, beau succès !

— Penserais-tu… à ce poste de ministre de l'Économie ?

— Je désire l'exercer, c'est vrai. Richesse et pouvoir ne m'intéressent guère, tant les dieux m'ont accordé de chance ; en revanche, je crois être en mesure d'améliorer la gestion des affaires publiques et de contribuer à la prospérité du pays. Me pardonneras-tu cette vanité ?

— Beaucoup, moi incluse, croient en tes compétences. Tu as raison, la présence des deux fils du roi te sera bénéfique.

Kékou évita de parler de mariage, Sékhet tut sa certitude : Setna ne viendrait pas. Et Ramésou n'obtiendrait d'elle que des formules de politesse.

– 13 –

Le Vieux était furibond. Lui demander d'organiser un banquet en moins de quarante-huit heures, avec la présence des deux fils de Ramsès ! Son patron était-il devenu fou ? Seul un rouge datant de l'an un du monarque lui permit de ne pas sombrer dans la dépression ; son bouquet charnu lui redonna une vigueur capable d'abattre n'importe quel obstacle. Et ce fut une tornade qui s'abattit sur le domaine de Kékou : du potager aux cuisines, du cellier au verger, le Vieux exigea les meilleurs produits, en n'omettant pas la viande qu'apportait le boucher et les poissons que proposait le pêcheur.

À l'approche du crépuscule et de l'arrivée des invités, bien des détails restaient à régler ; mais la vaste salle à manger, ornée de fleurs, avait belle allure. Sur chaque table, des coupes ; et l'air était délicatement parfumé. Une cohorte de servantes et de serviteurs était prête à satisfaire les moindres désirs des convives.

Le long de l'allée menant du porche d'entrée à la salle du banquet, des lampes éclairaient le chemin. Au moment où le Vieux vérifiait la qualité des vins, les premiers couples arrivèrent, vêtus d'habits de fête et coiffés des dernières perruques à la mode.

Kékou accueillit ses hôtes, choisissant pour chacun les paroles adéquates ; à l'exception du maire de Memphis, en voyage, pas un notable ne manquait à l'appel, et leurs épouses rivalisaient d'élégance. Tous désiraient rencontrer les deux fils du roi et s'attirer les bonnes grâces du futur ministre de l'Économie. Et ce soir-là, le chien Geb, gardien du domaine, évita d'aboyer, humant les bonnes odeurs qui provenaient des cuisines et se pourléchant les babines à l'idée de ce festin auquel il serait associé ; les facétieux singes verts, eux, avaient déjà dérobé des fruits et ne comptaient pas en rester là. Quant aux chats, ils n'auraient pas à partir en chasse, leur seule épreuve consistant à choisir entre la viande et le poisson. Le Vieux n'intervenait pas, estimant que les animaux avaient droit aux mets d'exception.

Accompagné d'une jeune fille au sourire figé, Ched le Sauveur ne manquait pas d'allure.

— Félicitations au nouveau directeur de la Maison des armes, dit Kékou, et merci d'avoir honoré mon invitation.

— Vos banquets sont les plus courus de Memphis, pas question de manquer ça ! On murmure que Ramésou et Setna seraient vos hôtes ?

— Je les attends, en effet.

— Je connais Setna, il ne sortira pas de sa bibliothèque !

Les regards se tournèrent vers l'allée, observant la démarche martiale de Ramésou, fils aîné de Ramsès le Grand.

Kékou s'inclina.

— Je suis très honoré, général ; votre présence dans ma modeste demeure me comble de joie.

— Je ne vois pas votre fille.

— Elle vous réserve une surprise.

Ramésou sourit d'aise ; Sékhet cessait enfin ce combat inutile et se rendait à son vainqueur. À l'issue du banquet, il l'emmènerait avec lui à Pi-Ramsès et la présenterait à la cour avant de célébrer son mariage.

Ramésou occupa la place d'honneur, à la droite du maître des lieux qui, en s'asseyant, signifiait le début des réjouissances.

Une place demeurait vide, à la gauche de Kékou.

— Votre fille nous ferait-elle languir ? demanda le général.

— Ce siège est réservé à votre frère.

— Setna ! Délicate attention, mon cher, mais n'espérez pas sa présence. Il n'aime ni boire, ni manger, ni se distraire.

Les échansons servaient le premier vin blanc de la soirée, datant de l'an trois du règne ; aérien, il ouvrait l'appétit, et convenait parfaitement à une série de petits pâtés accompagnés de feuilles de laitue.

Soudain, une mélodie jouée au luth capta l'attention des invités. Un orchestre de femmes apparut, composé d'une hautboïste jouant d'un instrument à deux longs tuyaux, d'une clarinettiste, d'une harpiste et de deux luthistes. Elles étaient aussi belles qu'excellentes musiciennes ; de longs cheveux noirs, des seins admirables, la taille fine, des bracelets de cornaline aux poignets et aux chevilles, les interprètes captivèrent l'assistance.

Le meilleur restait à venir.

Une voix de soprano, semblant parvenir d'un autre monde, domina l'orchestre. Ramésou reconnut la chanteuse : Sékhet, vêtue d'une robe fourreau mettant ses formes en valeur, et tendant les bras à la hauteur de son visage.

Jamais elle n'avait été si séduisante. Les modulations de sa voix, d'une pureté inégalable, touchaient l'âme. Fascinés, les auditeurs avaient conscience de vivre un moment de grâce. Et lorsque la soliste s'interrompit, un long silence salua sa prestation, chacun cherchant à inscrire dans sa mémoire le souvenir de ce récital.

D'un signe de la main, Kékou ordonna à ses serviteurs de présenter aux convives un plat conçu par le Vieux : des filets de perche en marinade sur un lit de lamelles de poireaux, agrémentés d'ail doux, d'oignons moelleux, d'huile d'olive et de vinaigre issu d'une mère née de grands crus.

Ramésou ne bouda pas son plaisir.

— Fameux, mon cher Kékou ! Votre cuisinier a du génie.

— Oserai-je solliciter une faveur ?

— Je vous écoute.

— Vous paraîtrait-il excessif de nommer ce plat « délice de Ramsès » ?

— Au contraire ! Donnez-moi la recette, et je l'imposerai à Pi-Ramsès ; mon père sera ravi. Votre fille compte-t-elle nous rejoindre ?

— La voici.

Radieuse, d'une élégance souveraine, Sékhet prit la place de Setna. Ramésou se leva et lui embrassa les mains.

— Quelle fameuse surprise ! J'ignorais vos talents de chanteuse.

— Vous ignorez tout de moi, général.

Kékou s'empressa de lever sa coupe, et l'ensemble des dîneurs l'imita.

— Si nous sommes réunis et si nous pouvons festoyer, déclara-t-il de sa voix de stentor, c'est grâce à Pharaon. Il nous offre la paix et la prospérité. Souhaitons vie, force et santé à Ramsès le Grand !

L'assemblée reprit à l'unisson, et les échansons remplirent les coupes d'un rouge puissant du Delta.

— Le général Ramésou, fils aîné de notre bien-aimé souverain, continua Kékou, nous honore de sa présence. À la tête de notre armée, il garantit la sécurité du pays : qu'il en soit remercié !

On but de bon cœur, les dames comprises.

— Remercions aussi notre hôte, promis aux plus hautes fonctions, intervint Ramésou ; l'État a besoin de serviteurs compétents et dévoués. Et je n'oublie pas sa fille dont le charme illumine cette soirée.

Du bœuf grillé aux cinq légumes, du fromage de chèvre, des gâteaux au miel et au jus de caroube complétèrent le banquet qui s'acheva en apothéose avec un vin blanc liquoreux d'une suavité apaisante.

Kékou avait entretenu la conversation, suggérant à Ramésou de narrer ses exploits militaires. Son récit achevé, le général s'adressa à Sékhet.

— Vous êtes bien silencieuse !

— Vous êtes tellement captivant...

— Défendre mon pays me passionne, et j'ai conscience de remplir une mission à la fois difficile et majeure.

— C'est certain.

— En douteriez-vous ?

— Pas un instant.

— Ne me réservez-vous pas... une autre surprise ?

— Avec votre permission, proposons à nos hôtes un ultime rafraîchissement dans le jardin.

— Entendu.

Conformément aux prévisions de Sékhet, plusieurs jeunes filles à marier entourèrent le général dont la force et la prestance les attiraient. Profitant de la parade du coq, elle s'éclipsa et se mit à l'abri sous le feuillage d'un vieux sycomore. Ce militaire prétentieux et borné était insupportable ! Comment lui faire comprendre qu'elle ne consentirait jamais à l'épouser ? Et si la carrière de Kékou devait en souffrir, tant pis ! Tout en respectant son père et en lui souhaitant de devenir ministre, Sékhet ne lui sacrifierait pas son existence.

À quelques pas, près d'un grenadier, une silhouette.

Celle de Setna.

Un orchestre de musiciennes enchante les invités
à un banquet. (Tombe de Rekhmirê.)

– 14 –

Sékhet ne cacha pas son étonnement.

— Vous... vous êtes venu ?

— J'ai terminé mon travail.

De son sac en cuir, Setna sortit l'une des dix copies du papyrus médical.

— Ce n'était pas facile, j'ai fait de mon mieux. Vous... vous voulez voir ?

— Bien sûr !

Setna lui présenta le document, elle le déroula. À la lueur de la lune, elle découvrit les hiéroglyphes, tracés à la perfection.

Contracté, le jeune scribe attendait le verdict.

— Magnifique... Vraiment magnifique !

Setna sourit.

— Vous... vous êtes sincère ?

— Je le suis.

— Vous me comblez de joie.

Il recula d'un pas.

— Voilà ma tâche achevée... Merci de me l'avoir confiée.

— Pourquoi n'avoir pas assisté au banquet ?

— Je n'apprécie guère les mondanités... Mais je vous ai entendue chanter, c'était magnifique.

Setna remit le sac à la jeune femme qui le déposa au pied du sycomore.

— Aimeriez-vous visiter le jardin ?

— Il est tard et...

Elle le prit tendrement par le bras.

— Laissez-moi vous guider.

Setna était en proie à deux sentiments contradictoires : s'enfuir ou s'abandonner. Le contact de Sékhet était si doux qu'il ne lui résista pas.

Pour la première fois, la chaleur d'une femme ! D'abord, il trembla ; puis, comme Sékhet feignait de ne pas s'en apercevoir, il s'apaisa. L'abri de la nuit et des arbres rassurait Setna ; personne ne pouvait les voir.

— Ce jardin est mon havre de paix, révéla-t-elle ; ici, en écoutant le chant des oiseaux et en contemplant les fleurs, je retrouve de la force. Fatigues et soucis s'estompent. Aimes-tu cet endroit, Setna ?

— Il est... il est merveilleux !

— Nous avons donc un point commun. Ne souhaiterais-tu pas découvrir ces lieux pendant la journée, en goûtant les jeux de l'ombre et du soleil ?

— Si, mais... J'ai terminé mon travail en vous livrant les papyrus et...

— Et tu n'as aucune raison de revenir ! En es-tu si sûr ?

Setna n'avait qu'un vœu à formuler : que cette promenade, très lente, dure éternellement ! Alors, il prit une initiative.

— Désirez-vous entendre les *Maximes* de Ptah-Hotep ? J'en possède un exemplaire complet et je serais heureux de vous les lire.

— Pourquoi pas ?

— C'est un texte splendide, vous verrez ! On devrait sans cesse s'en inspirer.

Ils s'approchaient de la pièce d'eau.

— Sais-tu nager, Setna ?

— Mon frère me l'a appris, enfant ; il est plus rapide que moi.

— Il veut m'épouser.

— Comme je le comprends !

Le scribe s'empourpra, il avait parlé trop vite ; heureusement, la nuit cachait son émoi.

— Je ne l'aime pas, affirma Sékhet, et nous ne nous marierons pas ; son insistance et celle de mon père sont vaines. Toi, as-tu fréquenté des jeunes filles ?

— Aucune ! L'apprentissage du métier de scribe a occupé tout mon temps, et mon maître, le Chauve de la Maison de Vie, est fort exigeant. Il commence à m'enseigner les significations cachées des hiéroglyphes, et j'espère devenir bientôt ritualiste au temple de Ptah.

— Le fils de Ramsès est-il contraint de subir tant d'épreuves ?

— Je refuse tout passe-droit ! Les titres honorifiques ne m'intéressent pas, je désire franchir la porte du temple en conscience afin d'y vivre les mystères. Seul un labeur acharné me le permettra peut-être.

Le sérieux et la détermination du jeune homme impressionnèrent Sékhet ; et cette maturité d'âme la toucha profondément.

À côté de Setna, comme le général Ramésou était fade et creux !

— N'êtes-vous pas déjà prêtresse de Sekhmet ? osa-t-il lui demander.

— La Supérieure m'a prise sous son aile, mais il reste beaucoup à apprendre, et je n'ai pas encore rencontré la lionne terrifiante face à face.

— Ne serait-ce pas... trop dangereux ?

— Si je veux exercer mon art en disposant des énergies secrètes, il faudra surmonter cet obstacle.

— Si dérisoire soit-elle, mon aide vous est acquise !

Elle s'immobilisa et le regarda droit dans les yeux.

— Je ne l'oublierai pas, Setna.

Le soleil de la nuit nimbait d'une lueur tendre le visage de la jeune femme, le rendant presque irréel.

Le scribe se remit à trembler.

Afin de dissiper son trouble, elle reprit la lente promenade.

— J'ai hâte d'entendre ces *Maximes* ; demain après-midi te convient-il ?

Inutile d'avouer qu'elle connaissait depuis longtemps le texte de Ptah-Hotep ; prononcé par le scribe, il prendrait un nouveau relief.

Setna demeurait muet. À l'idée de la revoir, il ne parvenait plus à s'exprimer.

— Est-ce possible ?

Un hochement de tête servit de réponse.

— Merveilleux ! Il est tard, nous devons nous séparer.

Le jeune homme redoutait d'entendre ces paroles ; elle lâcha son bras.

— Puisque nous avons fait connaissance, suggéra-t-elle, embrassons-nous.

Dépassé, Setna sentit les lèvres de Sékhet se poser sur les siennes et faillit s'évanouir. Comment imaginer pareille sensation ?

Le baiser fut bref, tellement bref ! Et puis elle s'éloigna, lui adressant un « au revoir » d'un signe de la main.

Jusqu'à leur prochaine rencontre, les heures seraient interminables.

*

Les péroraisons des donzelles énamourées avaient amusé le général Ramésou. Elles vantaient sa prestance, admiraient ses bijoux, notamment le bracelet en cuivre gravé à son nom, poussaient de petits cris d'effroi à l'écoute de ses exploits guerriers et lui resservaient à boire.

Ces minauderies le lassèrent. À Pi-Ramsès, il serait de nouveau la proie des filles de familles haut placées, à la recherche d'un mariage exceptionnel. Se contentant de brèves et discrètes aventures, Ramésou n'avait qu'une idée en tête : conquérir Sékhet. Elle serait une splendide épouse, digne de lui.

S'arrachant à un lit de coussins, il brisa le cercle de ses zélatrices.

Kékou s'approcha.

— Désirez-vous quelque chose, général ?

— Saluer votre fille avant de partir.

Le Vieux intervint.

— Ma patronne est allée se coucher ; demain, elle a une rude journée et m'a ordonné de vous transmettre ses excuses et ses meilleures pensées.

Cette attention calma le général.

— Quand vous serez convoqué à Pi-Ramsès, dit-il à Kékou, n'omettez pas d'emmener Sékhet avec vous. Je lui ferai découvrir notre capitale, et je suis persuadé qu'elle en appréciera le charme.

— Moi de même.

La tête haute, Ramésou quitta le domaine de son hôte.

Les serviteurs éteignirent les lampes et commencèrent à nettoyer la salle du banquet. Le Vieux n'était pas mécontent d'être intervenu en faveur de Sékhet afin d'apaiser la fureur montante du général, dont la morgue l'irritait.

L'œil partout, le Vieux avait vu sa patronne disparaître dans le jardin en compagnie d'un jeune homme à la noble allure. Allait-elle enfin sortir de son isolement et de son travail acharné ? En attendant la réponse, l'intendant ramassa le sac rempli de papyrus, déposé au pied d'un sycomore. Fallait-il que la belle eût la tête ailleurs pour l'oublier !

– 15 –

Le maire de Memphis avait dressé sa tente à une demi-journée de marche de Pi-Ramsès, loin de toute zone habitée. Des soldats patrouillaient en permanence, avec l'ordre d'interpeller un éventuel curieux.

Muni d'un papyrus portant le sceau du notable, un messager était parti le matin même pour la capitale. Comment réagirait Ramsès ?

L'estomac noué, le maire n'avait plus d'appétit et buvait trop de bière ; cette tragédie le déstabilisait. Un règne heureux, un pays riche, un peuple pétri de joie de vivre et soudain... La peur de tout perdre et de voir cette harmonie anéantie à jamais !

Le dignitaire se remémorait les étapes d'une belle carrière, marquée par un dévouement constant au service de l'État, comme s'il vivait ses dernières heures. Il vénérait Séthi, le père de Ramsès, et avait redouté, lors du décès de ce pharaon exceptionnel, une période troublée, voire une décadence. Mais le fils s'était montré à la hauteur du père, et son remarquable comportement, à Kadesh, lui avait valu l'admiration des Égyptiens. En repoussant l'envahisseur hittite et en instaurant la paix, certes fragile, Ramsès prouvait sa capacité à gouverner.

Face au nouveau péril qu'engendraient les forces obscures, le roi résisterait-il ?

Abattu, le maire contemplait le désert.

Le désert… La terre de feu née de la foudre de Seth, un territoire aride, le domaine des scorpions et des serpents, le futur probable de l'Égypte que détruiraient des brûlures démoniaques !

Cet ennemi-là, aucune armée ne parviendrait à le combattre.

Un papillon noir, rouge et orangé se posa sur la main du notable. Une forme de vie somptueuse, délicate et brève.

*

Un officier réveilla le maire qui s'était assoupi au petit matin.

— Chars en vue.

L'édile se leva d'un bond et sortit de sa tente.

Les véhicules progressaient à vive allure. À leur tête, un char en bois doré tiré par deux chevaux faciles à identifier : ceux de Ramsès. Et le souverain tenait lui-même les rênes.

Ainsi, le pharaon avait pris en compte le message tenant en deux mots : « grand danger ».

Quand Ramsès mit pied à terre, le maire éprouva une sensation identique à celle de leurs précédentes rencontres : la crainte respectueuse. À la force physique du monarque s'ajoutait son autorité naturelle ; de cet homme émanait une puissance provenant de son contact quotidien avec les dieux. En célébrant le rituel du matin, Ramsès touchait au secret de la lumière créatrice.

Le maire s'inclina.

— Pardonnez-moi, Majesté, je ne suis ni rasé ni lavé et...

— Trêves de politesses. Es-tu l'auteur de ce message ?

— Je le suis.

— Confirmes-tu sa teneur ?

— Je la confirme.

— Pourquoi ton envoyé m'a-t-il supplié de le suivre et de venir ici, accompagné de quelques soldats d'élite ?

Ramsès détestait les circonlocutions, et le maire joua la franchise.

— Ce que j'ai à vous dire est si important que nulle oreille ne doit l'entendre. Et je ne crois pas qu'à la cour, il soit possible de garder un secret.

Le visage du roi se ferma.

— Tu n'as peut-être pas tort.

— Je n'ai qu'une tente à vous offrir.

Le souverain y pénétra. Avant de le suivre, le maire ordonna aux soldats de former, à bonne distance, un cordon protecteur. La totale discrétion de l'entretien était assurée.

Ramsès resta debout, les bras croisés.

— Quel danger menace Memphis ?

— Pas Memphis, Majesté, l'Égypte entière.

— Un complot militaire ?

— Non, Majesté ; la tombe maudite.

Un long silence suivit cette déclaration.

Ramsès peinait à percevoir l'ampleur du désastre, refusant d'envisager le pire. Tête baissée, le maire respirait mal.

— Aurait-elle été… violée ? interrogea le roi.

— Malheureusement oui.

— D'après les spécialistes, c'était impossible !

— Ils se sont trompés, Majesté.

— As-tu vérifié, en personne ?

— Après avoir inspecté les lieux, j'ai immédiatement quitté Memphis afin de vous alerter.

— Qu'as-tu constaté ?

— Les gardes morts d'asphyxie, des ossements humains calcinés, la porte de la tombe détruite.

— As-tu pénétré à l'intérieur ?

— Non sans crainte ! D'abord, j'ai espéré que l'on n'avait pas dérobé l'essentiel, mais j'ai dû me rendre à l'évidence.

Un instant, Ramsès ferma les yeux.

— Les portes du naos étaient ouvertes…

— Oui, Majesté.

— Et le vase scellé a disparu.

— Oui, murmura le maire.

En dépit de son habitude des combats, même désespérés comme à Kadesh, Ramsès vacilla. Selon les magiciens et les ritualistes du royaume, cette catastrophe ne pouvait survenir. La tombe maudite avait été close à l'époque d'un grand pharaon, Sésostris III, de manière à protéger de toute atteinte le vase scellé contenant le mystère d'Osiris. Les précautions nécessaires avaient été prises, l'endroit était surveillé en permanence, et les conjurations inscrites sur les parois du sépulcre interdisaient à quiconque de dérober le trésor, lequel devait demeurer hors de portée des humains.

Avant de disparaître, Séthi avait transmis à son fils les instructions concernant la tombe maudite, en lui recommandant de n'informer qu'un seul dignitaire, le maire de Memphis, chargé de vérifier les mesures de sécurité extérieures.

— C'est l'œuvre d'un démon, avança Ramsès.

— Ou d'un mage noir, Majesté.

— Le pire d'entre eux ne saurait disposer de tels pouvoirs !

— Et si c'était le cas ?

— Alors, nous serions réellement en danger.

— Un démon du désert aurait détruit le vase ; à quoi lui servirait-il ? Un mage, en revanche…

— Pourquoi les formules de protection ont-elles été inefficaces ?

— Les murs étaient nus, il a su les effacer.

— Sa puissance est inimaginable !

— Le résultat est là, Majesté.

— Qui d'autre est au courant ?

— Moi seul. Un petit nombre de gardes et de soldats a vu les cadavres et la porte défoncée de la tombe, à présent refermée. La situation semble revenue à la normale.

— Retourne à Memphis et ne change rien à tes habitudes.

— Majesté... Puis-je vous demander si tout est perdu ?

— Certainement pas.

Ramsès sortit de la tente et contempla son pays comme s'il le voyait pour la dernière fois. En tant que chef d'État, il ne devait montrer aucun signe de faiblesse. Seul au milieu d'une nuée de Hittites, à Kadesh, il avait invoqué son père céleste, le dieu Amon, et réussi à renverser une situation désespérée. Le roi ne s'attendait pas à affronter un adversaire encore plus redoutable, mais il ne renoncerait pas à défendre l'intégrité des Deux Terres.

– 16 –

Ramésou faisait les cent pas dans l'antichambre des appartements privés de son père, au palais de Pi-Ramsès, décoré de tuiles vernissées bleues et de peintures représentant des paysages où s'ébattaient des oiseaux. N'ayant pas l'âme bucolique, le général n'admirait pas ces chefs-d'œuvre d'une infinie délicatesse et se demandait pourquoi le souverain l'obligeait à attendre ainsi.

Quand apparut la Grande Épouse royale Néfertari, Ramésou fut impressionné par sa beauté et son élégance ; mais comment oublier qu'elle avait supplanté sa mère, Iset la Belle, condamnée à une existence luxueuse et vaine ? Issue d'une famille modeste, Néfertari jouait pleinement son rôle de reine et, notamment, participait de façon active aux négociations avec les Hittites afin d'établir une paix durable. Démarche inutile aux yeux de Ramésou, qui préconisait une grande offensive pour éliminer l'adversaire. Hélas ! Ramsès écoutait son épouse et croyait en son succès.

Le général s'inclina, Néfertari lui rendit son salut.

— Mon père serait-il souffrant ? s'inquiéta-t-il.

— Non, il a été contraint de quitter Pi-Ramsès pendant quelque temps.

— Entreprendrait-il une campagne militaire sans m'en avertir ?

— Rassure-toi, il s'agit d'un simple déplacement en Égypte.

— À quel endroit et pour quelle raison ?

— Sa Majesté m'a demandé le silence.

— Je suis son fils aîné, je...

— Ne devons-nous pas nous conformer aux exigences du pharaon ?

Vexé, Ramésou cessa de protester.

— Durant son absence, reprit Néfertari, et conformément à la tradition, je dirige le gouvernement. Cet après-midi, conseil des ministres auquel je te convie. Je donnerai communication d'une lettre encourageante de la souveraine hittite.

Néfertari ne haussait jamais le ton, et la douceur de sa voix enchantait les plus rugueux. Ramésou refusait de tomber sous le charme de cette femme extraordinaire et n'y parvenait pas.

Cependant, il avait l'obligation de combattre.

*

— Tu es très matinale, ma fille ! s'étonna Kékou, achevant de prendre un copieux petit déjeuner où il ne s'interdisait pas une tranche de lard fumé et une galette chaude remplie de pois chiches.

Sékhet paraissait gênée et anxieuse.

— J'ai modifié mon emploi du temps à cause d'un rendez-vous inattendu.

— Un patient de haut rang ?

— De haut rang, sûrement... Patient, non.

— Qui est ce mystérieux visiteur ?

— Le scribe Setna m'apporte cet après-midi un nouveau papyrus qu'il désire me commenter, et j'aurais jugé indélicat de refuser.

— Excellente décision ! J'ai regretté son absence au banquet.

— Il n'est guère mondain et préfère se consacrer à son travail.

— Nous serons bientôt convoqués à Pi-Ramsès, révéla Kékou, et le général Ramésou tient à te faire découvrir notre nouvelle capitale.

Gardant le silence, Sékhet s'éclipsa.

Ravi, Kékou s'offrit une seconde tranche de lard. Le destin le servait : les deux fils de Ramsès, le guerrier et le scribe, épris de sa fille ! La compétition risquait d'être sévère, et c'était à lui d'en tirer profit.

*

En ouvrant la porte de son laboratoire, Sékhet avait l'esprit troublé, ne songeant qu'à l'éventuelle venue de Setna. N'avait-elle pas été trop loin en l'embrassant sur les lèvres ? Effrayé, il renoncerait peut-être à lui lire les *Maximes* de Ptah-Hotep. Tendre, timide, il possédait aussi une puissance bien supérieure à celle du général Ramésou, si fier de ses performances physiques !

En réalité, tout, en Setna, lui plaisait et l'attirait. Et ce sentiment inédit, envahissant, incontrôlable, l'effrayait. À certains moments, Sékhet avait envie de s'enfuir ou de fermer sa porte à ce jeune scribe trop séduisant, mais elle avait tellement envie de le revoir, ne serait-ce qu'une seule fois !

La thérapeute tenta de se concentrer sur la préparation d'une potion destinée à favoriser la digestion ; des extraits de cumin et un mélange d'huiles, savamment dosées, se révélaient efficaces. Ensuite, elle fabriquerait des pilules pour le cœur.

On frappa à sa porte. Le Vieux, les bras chargés de bleuets.

— Ça égaiera un peu l'endroit, estima-t-il ; je les dispose ?

Sékhet ne lutta pas.

— J'ai envoyé des messagers afin d'annuler vos rendez-vous de l'après-midi, selon vos instructions.

— Sois-en remercié.

— Sauf votre respect, vous avez mauvaise mine ; moi, j'ai des remèdes contre le vague à l'âme. Une bonne coupe de blanc...

— Ce ne sera pas nécessaire. Après le déjeuner, je me reposerai au jardin.

— Ça tombe bien, précisa le Vieux, j'ai accordé un jour de congé aux jardiniers. Vous serez parfaitement tranquille.

— Pourras-tu accueillir un visiteur et me l'amener ? Il s'agit du scribe Setna qui me livre un papyrus.

— Comptez sur moi.

— Ah… Il ne viendra peut-être pas. Quoi qu'il en soit, qu'on ne me dérange pas.

— Entendu.

« L'amour, l'amour ! » songea le Vieux en sortant du laboratoire ; c'était si touchant qu'il ne déplora pas d'être un tantinet perturbé dans ses horaires.

*

De retour dans sa bibliothèque, Setna s'était précipité sur les conseils d'un vieux scribe destinés aux générations futures : « Aime l'écriture et la lecture, détourne-toi des plaisirs passagers, passe ta journée à rédiger des textes de ta propre main et la nuit à lire les enseignements des Ancêtres. Tes vrais amis, ce sont ta palette, tes pinceaux et tes rouleaux de papyrus. Eux ne te trahiront pas et te resteront fidèles. Être scribe est le meilleur des métiers, il te procurera d'innombrables satisfactions. À côté de l'écriture, que sont les victuailles, les vêtements, les parfums ? Rien n'est plus précieux que de savoir lire et écrire, et ce trésor-là vaut mieux qu'une grande fortune. »

Le sage n'évoquait pas les femmes et n'interdisait pas à un scribe de tomber amoureux. Mais n'était-ce pas une voie de perdition qui éloignerait Setna de son idéal de futur ritualiste ? Impossible, cependant, d'oublier ce baiser et le contact du corps parfumé de Sékhet. Vivre sans la revoir… Une souffrance insupportable !

La raison ne lui interdisait-elle pas de tenter une aventure insensée ? Sékhet était beaucoup trop belle pour lui, elle avait sa propre carrière à mener, exigerait une existence somptueuse, rythmée par des réceptions et des banquets… Tellement loin de l'austère mode de vie d'un ritualiste !

L'arrivée du Chauve interrompit le cours de cette méditation agitée. Les yeux creusés, l'enseignant paraissait las.

— Voici un document indispensable à ta formation. Étudie-le en profondeur, et sache nourrir ta pensée de l'essentiel en évitant d'encombrer ta mémoire de détails secondaires.

Setna aurait apprécié davantage de recommandations mais, d'un pas anormalement lourd, le Chauve avait déjà quitté la pièce.

Le scribe déroula le papyrus et, au fur et à mesure de sa lecture, fut ébloui. Le texte évoquait la création de l'univers par le Verbe d'où naissait l'océan d'énergie primordiale, les diverses formes du ciel, les étoiles, le soleil et la lune, les planètes infatigables. Venait ensuite la description de la terre d'Égypte, du cours du Nil, des modes d'irrigation, des arbres et des plantes, des cultures. Enfin, une liste des provinces, des villes et des villages.

Fasciné, Setna découvrait un manuel de géographie, allant du spirituel au matériel ; son pays prenait une nouvelle dimension et s'inscrivait dans un plan divin, celui de Ptah, le Façonneur des formes multiples de la vie.

Les connaissances du jeune homme s'enrichissaient de façon inespérée, et il n'avait plus qu'une envie : assimiler ce savoir immense.

Une seule envie… Non, il n'oubliait pas l'invitation de Sékhet et sa promesse de lui lire les *Maximes* de Ptah-Hotep. Mais le Chauve venait de formuler une exigence inattendue, et c'était le premier devoir à remplir. Sékhet le comprendrait-elle ou, déçue, le rejetterait-elle à jamais ?

Déchiré, Setna était contraint d'opérer un choix aux conséquences décisives.

Et personne ne pouvait l'aider.

– 17 –

Poussé par un fort vent du nord, le bateau de Ramsès progressait rapidement en direction de Thèbes, la grande cité du Sud, domaine du dieu Amon. Répondant à l'appel du pharaon, isolé au milieu de milliers de Hittites, à Kadesh, il avait armé son bras afin de lui donner la victoire. Le père n'avait pas abandonné son fils, ne faisant qu'un avec lui pour dissiper la multiplicité des agresseurs.

La flottille ne comprenait que trois bâtiments, le confortable vaisseau amiral et deux navires d'escorte. Des équipages aguerris assuraient la navigation.

Au terme de ce voyage, Ramsès saurait si les mesures de précaution contre le désastre qui venait de se produire seraient réellement efficaces. Certes, le vase scellé devait être hors d'atteinte ; néanmoins, le pharaon Séthi, se méfiant du pouvoir des ténèbres, avait envisagé le pire et prévu une ultime ligne de défense qu'il revenait au roi régnant de mettre en œuvre. Cette démarche impliquait un voyage à Thèbes et, plus précisément, au temple de Louxor.

Bâti sur la rive est, le long du Nil, il avait été fondé par Amenhotep III, et Ramsès lui avait ajouté une grande cour et deux pylônes précédés de deux obélisques. Surtout, ce « lieu secret du Sud » était le sanctuaire du *ka* royal, la puissance indestructible passant de pharaon en pharaon, et permettant à chacun d'eux d'exercer une action créatrice. Lorsque les divinités mettaient au monde un nouveau pharaon, le *ka* royal s'incarnait en lui, tout en demeurant distinct de l'individu humain auquel était confiée la charge suprême. Inaltérable, non soumis au temps et à la mort, cette force de l'au-delà conférait à la fonction pharaonique une dimension surnaturelle sans laquelle il était impossible de diriger un pays et un peuple de manière harmonieuse.

C'était une belle matinée d'été, et le temple apparut, baigné de lumière. Comme le chantait un hymne dédié à sa magnificence, ses murs étaient d'électrum, son sol d'argent, ses pylônes perçaient le ciel et s'unissaient aux étoiles. Et les colosses de Ramsès, affirmation de la présence du *ka*, en gardaient l'accès.

Le souverain n'ayant pas prévenu les autorités locales de son arrivée, elle sema l'inquiétude ; pourquoi cette visite inattendue, Ramsès avait-il des reproches à formuler ?

Des vigiles se hâtèrent d'avertir le grand prêtre qu'avait nommé le pharaon pour gérer l'immense ensemble architectural que formaient les temples de Karnak et de Louxor, reliés par une allée de sphinx. Ici se déroulaient de grandes fêtes auxquelles assistait la famille royale. Elles célébraient la nécessaire présence de l'énergie divine, nourrissant à la fois les âmes et les corps. Même si Thèbes n'était plus la capitale de l'Égypte, elle demeurait une cité de premier plan, aux richesses incomparables. Sur la rive ouest, « la grande prairie », la Vallée des Rois, abritait les demeures d'éternité des pharaons du Nouvel Empire, et Ramsès le Grand y reposerait.

Baken[1], le grand prêtre d'Amon, vint à la rencontre du monarque. Maniant le long bâton de commandement, il était le premier serviteur du dieu qui habitait son cœur. À lui de gouverner un vaste personnel comprenant des ritualistes, des artisans, des agriculteurs et des jardiniers. Foyer spirituel, le domaine d'Amon était aussi un centre économique majeur où parvenaient quantité de denrées dont il fallait vérifier la qualité avant de les redistribuer. Et Karnak était en perpétuelle mutation, chaque pharaon ajoutant des monuments à ceux de ses prédécesseurs. Ramsès ne faisait pas exception à la règle et, poursuivant l'œuvre de son père Séthi, dressait une gigantesque salle à colonnes, lieu d'épanouissement des forces créatrices.

1. Son nom complet était Bak-en-Khonsou, « le serviteur de Khonsou », ce dieu étant le « Traverseur (du ciel) », fils d'Amon et de son épouse, Mout.

Louxor, en revanche, était un sanctuaire achevé depuis l'an trois du règne. Cette résidence du *ka* royal s'animait lors d'événements rituels, telle la régénération du mariage sacré unissant Pharaon à la reine.

Ramsès contemplait les obélisques, aiguilles de pierre destinées à dissiper les ondes maléfiques menaçant l'intégrité du temple. Entre les deux tours du pylône se levait, à l'aube, un soleil ressuscité, vainqueur des ténèbres.

Le grand prêtre s'inclina devant le maître des Deux Terres.

— Bienvenue, Majesté ; de quelle manière puis-je vous servir ?

Ramsès savait qu'il ne s'agissait pas d'une simple formule de politesse. Baken avait franchi tous les échelons de la hiérarchie, sans désir d'en occuper le sommet ; travailleur infatigable, il s'oubliait lui-même et ne songeait qu'au bien-être des temples et de leur personnel. Incorruptible, intransigeant, il bénéficiait de l'adhésion de ses subordonnés, et les pires persifleurs n'avaient rien à lui reprocher.

— Je suis porteur d'une nouvelle terrifiante, Baken ; que les ritualistes présents sortent du temple.

L'ordre fut promptement exécuté.

Ramsès et le grand prêtre franchirent le seuil et pénétrèrent dans l'espace sacré et silencieux. L'ombre y jouait avec la lumière, les statues vivantes rayonnaient, les colonnes de pierre étaient animées d'une sève divine.

D'un pas lent, le roi traversa la première cour, emprunta la grande colonnade débouchant sur la seconde cour, due à Amenhotep III, et atteignit l'entrée du temple couvert dont il ouvrit la porte. Lui seul, ou son représentant symbolique, était autorisé à poursuivre la montée vers le sanctuaire secret.

— Si le Mal franchit cette frontière, grand prêtre, notre monde sera détruit.

— Quand le Créateur a souri, les dieux naquirent ; lorsqu'il pleura, les hommes vinrent à l'existence. Les humains sont les larmes de Dieu ; en se révoltant contre la lumière, ils ont mis fin à l'âge d'or, semé la violence et la haine, et se sont associés aux ténèbres. Mais Dieu ne nous a pas abandonnés, puisqu'il a permis que nos cœurs n'oublient pas la nécessité quotidienne de l'offrande ; grâce aux rites, nous parvenons à combattre le Mal et à préserver la Vie. Et c'est vous, garant de l'institution pharaonique, qui maintenez l'espérance.

— Une espérance aujourd'hui très affaiblie...

— Les Hittites menaceraient-ils à nouveau de nous envahir ?

— Le péril est encore plus grave, Baken ; suis-moi.

Une seule lampe éclairait le temple couvert ; les deux hommes se recueillirent face à l'ultime sanctuaire.

— Les prophètes ne nous ont-ils pas annoncé l'anéantissement ? demanda Ramsès.

— Le disque solaire se voilera, est-il écrit, et personne ne bénéficiera de ses rayons. Le vent du sud se heurtera au vent du nord, la tempête déchirera les cieux, le fleuve se videra de son eau, car la lumière divine aura décidé de se séparer de l'humanité. On ne distinguera plus midi de minuit, la terre deviendra stérile, et l'on ne versera pas de larmes, tant on aura pleuré. Ce moment est-il advenu, Majesté ?

— La tombe maudite a été violée, le vase scellé, dérobé.

Lors de son initiation aux grands mystères, indispensable à l'exercice de sa fonction, Baken avait bénéficié de l'enseignement osirien et connaissait donc l'existence du dangereux trésor.

En entendant cette révélation, le grand prêtre blêmit.

— Nous avions pourtant la certitude qu'un tel désastre était impossible !

— Une erreur peut être fatale.

— Connaît-on l'identité du coupable ?

— Malheureusement non ; l'enquête n'a pas commencé, je devais me rendre ici toutes affaires cessantes.

Baken comprenait l'urgence de la démarche ; le pays disposait-il d'un dernier rempart ?

Le grand prêtre demeura en retrait, le roi s'approcha du naos recouvert d'or, la chair des dieux.

Il tira le verrou, « le doigt de Seth », et ouvrit lentement les deux battants.

Soit la puissance du *ka* avait disparu, et la civilisation pharaonique était condamnée à brève échéance, soit elle serait la seule force capable de s'opposer à celle que déploierait peu à peu le mage noir. En ce cas, elle manifesterait sa présence.

D'abord, les ténèbres persistèrent, et Baken redouta l'échec. Puis une faible lueur émana du granit, « la belle pierre d'éternité », éclairant à peine le visage du monarque qui s'agenouilla en posture d'orant, mains jointes et levées, paumes ouvertes.

La lueur s'amplifia et environna le pharaon. Ne cessant de grandir, elle envahit le sanctuaire. Lui aussi en vénération, Baken ressentit une chaleur intense, sans souffrir de brûlure.

Ramsès referma les portes du naos, effaça les traces de ses pas et sortit du temple couvert en compagnie du grand prêtre.

— La puissance du *ka* est intacte, constata-t-il. Prononce chaque jour les formules qui magnifient son rayonnement. S'il disparaissait, nous n'aurions aucune chance de vaincre.

« Vaincre, s'interrogea le grand prêtre, est-ce vraiment possible ? »

Ramsès, lui, repartait déjà pour la capitale.

Le *ka* royal, puissance créatrice
transmise de pharaon en pharaon.
(D'après Champollion.)

– 18 –

En ce début d'après-midi, la chaleur était écrasante ; après le déjeuner, bêtes et hommes avaient besoin d'une sieste réparatrice. Setna ne souffrait pas de l'ardeur du soleil et avait marché d'un bon pas jusqu'à la villa de Kékou.

Un obstacle inattendu l'empêchait de progresser.

Le portail d'accès était fermé et, en travers, le gardien dormait sur sa natte. Près de sa tête, une jarre préservait la fraîcheur d'un jeune rosé pétillant.

Le scribe hésitait à réveiller le vieil homme, mais ne se permettrait ni de l'enjamber ni de forcer la porte. Il patienta, espérant que le vigile allait se réveiller.

Espérance déçue.

Et si Sékhet, constatant l'absence de Setna, le maudissait et refusait dorénavant de le recevoir ?

Mal à l'aise, le jeune homme toucha l'épaule du dormeur.

Seul résultat : un grognement. Le bonhomme avala sa salive et reprit le cours de ses rêves ; la situation s'enlisait.

Setna s'accorda un ultime délai. L'échec consommé, il s'enhardit à secouer l'obstacle.

Et le Vieux entrouvrit les yeux.

— Qu'est-ce que c'est ?

— Mon nom est Setna, et j'apporte un papyrus à la dame Sékhet.

Le Vieux bâilla, se frotta les paupières, agrippa la jarre, ôta le bouchon et but une goulée du merveilleux rosé, seul remède contre la canicule.

— Aide-moi à me relever, mon garçon ; à mon âge, ce n'est pas une heure pour faire de l'exercice.

Setna lui saisit la main, et l'intendant, non sans divers craquements, parvint à se mettre debout.

— Saleté de vieillesse ! On souffre de partout, et aucune chance d'amélioration. Tu t'appelles comment ?

— Setna.

— Ah oui, ma maîtresse m'a parlé de toi... Entendu, je t'ouvre. Moi, j'ai des consignes, et on n'est jamais trop prudent. Parfois, il y a de la racaille qui traîne.

En franchissant le seuil du domaine, Setna se demanda s'il ne valait pas mieux battre en retraite et retourner à son étude du papyrus géographique.

Une senteur de jasmin l'en dissuada. Il avait une envie folle de revoir ce jardin sous le soleil ; et que risquait-il à lire quelques maximes de Ptah-Hotep ? Aussi suivit-il le Vieux, soucieux de marcher à l'ombre.

Soudain, un chien noir, aux yeux marron et haut sur pattes, leur barra le chemin. Sa langue rose pendait, et sa fière allure le rendait redoutable.

Peu impressionné, le Vieux lui gratta la tête.

— Dis donc, mon Geb, tu devrais dormir ! Ce visiteur n'a rien de menaçant ; vérifie toi-même.

Entre Setna et Geb, le courant de sympathie fut immédiat. Le chien lui lécha la main, le regarda avec attention et accepta une caresse.

— Ce gardien-là est le meilleur, déclara le Vieux ; s'il t'avait repoussé, je te fichais dehors !

Satisfait de son inspection, Geb regagna l'abri d'un palmier.

— Suis cette allée, mon garçon, en direction de la pièce d'eau ; tu y trouveras ma maîtresse.

Abandonné à lui-même, Setna n'avait plus qu'à avancer, pas à pas.

*

Le Vieux botta les fesses d'un palefrenier assoupi.

— Dégage, petit ! Je t'ai donné ta journée.

Le fautif décampa. Le personnel de la villa ne comprenait pas la mansuétude de l'intendant, refusant d'ordinaire tout congé supplémentaire.

Le Vieux s'assura que personne ne dérangerait les deux jeunes gens ; le jardin leur appartenait, et c'est là qu'ils traceraient peut-être leur destin.

Rassuré, il s'assit à côté de Geb qui lui signalerait la présence d'un éventuel intrus.

*

Ainsi, il était venu ! Dès que Sékhet aperçut Setna, elle vint à sa rencontre.

Les cheveux défaits, à peine maquillée, elle portait une courte tunique de lin fin, et sa démarche était plus aérienne que jamais.

— Ce jardin est admirable, déclara-t-il, s'accrochant à son papyrus.

— Tu ne m'embrasses pas ?

— Si, si, bien sûr !

Pour la deuxième fois, leurs lèvres se touchèrent ; et Setna ressentit à nouveau une émotion intense.

— Asseyons-nous au bord de la pièce d'eau, recommanda-t-elle.

L'ombre des sycomores était rafraîchissante, lotus bleus et blancs s'épanouissaient à la surface de l'eau ; la gorge sèche, Setna accepta une coupe de jus de raisin. Un souffle léger faisait chanter les feuilles, le soleil jouait avec la chevelure de la jeune femme.

Le scribe se hâta de dérouler le papyrus.

— Ce n'était pas facile de choisir parmi les *Maximes* de Ptah-Hotep, s'excusa-t-il, nerveux ; elles ont toutes leur importance et...

Son sourire le désarma.

— Je t'écoute, Setna.

— « L'être au grand cœur est un don de Dieu, a écrit le Sage, mais celui qui n'obéit qu'à son ventre succombe à son propre ennemi. N'aie pas un caractère léger. »

— Remarquable conseil, reconnut Sékhet ; n'a-t-il pas également écrit : « Si tu es un homme de qualité, fonde ta demeure, aime ton épouse avec ardeur, rends-la joyeuse tout au long de son existence. Une femme au cœur joyeux contrôle l'énergie vitale. »

Setna fut stupéfait.

— Vous... vous connaissez les *Maximes* !

— Elles comptent au nombre de mes premières lectures et m'ont donné le goût d'apprendre ; comme toi, je ne m'en lasse pas. Que penses-tu des recommandations à propos de la femme aimée ?

— On ne saurait mieux dire, je...

— Tu sais nager, m'as-tu confié ?

— Mon frère m'a contraint à me débrouiller très vite, et...

— Alors, profitons du bassin !

D'un geste à la fois gracieux et naturel, elle se dévêtit. Incapable de détacher son regard, Setna demeura muet devant ce corps élancé, aux formes parfaites.

— Te baignerais-tu habillé ?

Il se débarrassa de son pagne, elle lui prit la main et ils plongèrent ensemble.

Le plaisir de l'eau détendit enfin Setna, et ils jouèrent à se poursuivre, à se toucher, à s'éloigner, à se rejoindre, dans un concert de rires et d'exclamations.

Atteignant l'extrémité du bassin, la jeune femme s'immobilisa, enlaça le nageur et le retint prisonnier.

— Est-ce bien cela, l'amour, cette certitude que je ne peux plus vivre sans toi ? lui demanda-t-elle.

Le regard de Setna avait changé. Un regard devenu intense, traduisant la profondeur de ses sentiments.

— Tu es mon premier amour, affirma-t-il, et tu seras l'unique femme de ma vie.

Leur troisième baiser fut enflammé, et leurs corps, vibrant de désir, s'unirent en une étreinte passionnée.

– 19 –

Le général Ramésou se morfondait dans sa luxueuse résidence de Pi-Ramsès. La journée durant, il inspectait les casernes et les écuries, dirigeait des manœuvres, vérifiait l'armement ; le soir, il était l'hôte d'honneur de réceptions au cours desquelles des jeunes filles de bonne famille lui manifestaient un intérêt prononcé.

De retour chez lui, la même question lancinante : où se trouvait son père et pourquoi Néfertari se taisait-elle ? Ramésou avait participé à plusieurs conseils des ministres, placés sous l'autorité de la reine que personne ne contestait. Sachant écouter et trancher, Néfertari remplissait sa fonction à la perfection et promettait le retour prochain du pharaon. Mettre sa parole en doute eût été injurieux.

Venant de congédier sa maîtresse en titre, une Syrienne qui dirigeait une fabrique de poteries appartenant à la Maison de la reine, Ramésou, les nerfs à vif, écrivit une lettre comminatoire à Kékou, dont la nomination au poste de ministre de l'Économie était imminente ; âgé et malade, le titulaire ne tarderait pas à se retirer, et Kékou jouissait, à la cour, d'une excellente réputation.

Ramésou exigeait une réponse rapide et positive concernant son mariage avec Sékhet. Les atermoiements de la jeune femme commençaient à l'exaspérer, et il n'était pas loin de les considérer comme une atteinte à l'honneur de la famille royale. À Kékou, père et futur ministre, d'user de son influence pour convaincre sa fille d'apprécier sa chance et de se rendre à la raison. Être convoitée par le fils aîné du maître des Deux Terres et le repousser, quelle folie ! Le jeu avait assez duré, le général voulait fonder une famille et saurait accorder à son épouse tout le bonheur nécessaire. Certes, aucune loi ne contraignait Sékhet à céder, mais un nouveau refus aurait forcément des conséquences.

Ramésou remit le courrier cacheté à son aide de camp en lui ordonnant de le confier à la poste militaire ; ainsi, il parviendrait vite à destination.

— Un fait insolite, général.

— Parle !

— Conformément à vos instructions, Ched le Sauveur, le grand ami de votre frère, a été placé sous surveillance ; or il a été vu à Pi-Ramsès où il vient d'arriver.

— Seul ou avec Setna ?

— Seul, et logé au palais royal.

— Déjà une nouvelle promotion ?

— Nous l'ignorons.

Ramésou était intrigué. À peine nommé directeur de la Maison des armes de Memphis, Ched n'avait pas fait ses preuves et ne méritait pas d'être convoqué à la cour de Pi-Ramsès ! Une énigme à éclaircir.

En attendant, le général rendrait visite à sa mère, Iset la Belle, qui menait une existence paisible, s'occupant de sa volière, de son jardin et de son école de musiciennes. Elle se disait heureuse de son sort ; Ramésou, lui, ne tolérait pas la résignation.

Portant une tunique serrée à la taille par une ceinture et arborant le superbe bracelet en cuivre gravé à son nom, il s'apprêtait à sortir quand son intendant l'avertit.

— Un officier de la garde royale vous demande.

Le gradé salua le fils aîné du monarque.

— Sa Majesté est de retour. Elle vous demande de la rejoindre immédiatement au palais.

*

Ramésou fut étonné de découvrir une petite salle, plutôt obscure, située dans une aile du bâtiment réservé aux archives.

Cinq hommes s'y trouvaient. Ramsès, Ched le Sauveur, et trois rudes gaillards d'une trentaine d'années ; le général connaissait l'un d'eux, un commandant d'infanterie qui avait massacré du

Hittite à Kadesh. À l'évidence, les deux autres étaient aussi des soldats.

— Ici, déclara le roi, nous sommes à l'abri des oreilles indiscrètes. Sur mon nom, prêtez serment de ne révéler à quiconque la mission que je vais vous confier.

Vaguement inquiets, tous s'exécutèrent ; cette entrée en matière ne présageait rien de bon.

— Toi, Ramésou, mets l'armée en état d'alerte sans le proclamer officiellement ; que l'ensemble des régiments soit prêt à intervenir si nécessaire.

— Je le savais ! Les Hittites n'ont donc pas renoncé à nous envahir ! La diplomatie et la paix… Des rêveries ! Cette fois, nous leur briserons les reins.

— Apprends à tenir ta langue, mon fils, le péril est bien différent. Et notre puissance militaire sera peut-être inefficace. Néanmoins, je ne dois négliger aucun mode de défense.

Le général était abasourdi.

— Nulle armée ne saurait nous vaincre ! Je m'en porte garant.

— L'ennemi n'est pas seulement de nature humaine, révéla le roi.

Les cinq soldats avaient prouvé leur courage face à des adversaires féroces ; pourtant le ton de Ramsès et la teneur de ses paroles leur glacèrent le sang.

— Qui faudra-t-il combattre ? demanda Ramésou.

— Je l'ignore, avoua le monarque, nous avons à le découvrir.

L'assemblée était suspendue à ses lèvres.

— Osiris gouverne l'au-delà, rappela Ramsès, et juge nos actions. À lui et à son tribunal de décider si nous avons été justes de voix sur cette terre et si nous sommes dignes de traverser l'éternité. En célébrant les mystères d'Osiris, nos ancêtres ont recueilli l'énergie immortelle du dieu dans un vase à jamais scellé qui devait demeurer hors de portée des humains. Jusqu'à présent, ce fut le cas.

Un silence pesant suivit cette déclaration ; de quelle ampleur serait la catastrophe ?

— Caché au fond d'un sépulcre qualifié de « tombe maudite », en raison de son environnement magique, le vase scellé semblait parfaitement à l'abri. Nous le pensions inaccessible, et ce fut une tragique erreur. La tombe a été violée et, malgré le nombre de barrages installés par les savants du royaume, le voleur s'est emparé du trésor. Un trésor qui, entre ses mains, peut devenir la plus terrifiante des armes. Et c'est l'identité de ce voleur qu'il faut connaître au plus vite.

— Je m'en occupe, décréta Ramésou.

— Je t'ai confié une tâche précise, rappela le roi : maintenir notre armée sur le pied de guerre occupera tout ton temps, et tu me fourniras un rapport quotidien. Il revient à Ched le Sauveur et à ses trois subordonnés, que j'ai moi-même choisis, de lancer une enquête très risquée.

— Ched est bien jeune, objecta le général.

— Sa conduite en Nubie a prouvé sa maturité, estima le souverain, et je connais son dévouement. Seule une équipe réduite, n'attirant pas l'attention, pourra effectuer les premiers pas.

— Me permettez-vous de solliciter l'aide de Setna ? questionna Ched.

Ramésou éclata de rire.

— Mon frère n'est pas un homme d'action ! Il n'a qu'un rêve : être ritualiste à Memphis. Surtout, laissons-le en dehors de cette affaire.

Ched n'insista pas, mais posa la question qui lui brûlait les lèvres.

— Et si le voleur était un démon de l'autre monde ?

— À toi et à tes collègues de l'établir, répliqua Ramsès ; si c'est le cas, nos magiciens le combattront.

— Majesté, un homme aurait-il pu accomplir un tel méfait ?

Un instant, Ramsès parut troublé, mais sa fonction ne l'autorisait pas à céder au moindre découragement.

— C'est ma conviction.

— Alors, s'exclama Ramésou, ce magicien noir dispose de pouvoirs extraordinaires !

— Quand les humains se sont révoltés contre la lumière, précisa le roi, ils sont devenus les fils des ténèbres ; si l'un d'eux est parvenu à retrouver les formules de destruction et à les utiliser, il a pu briser les défenses magiques de la tombe maudite et possède aujourd'hui le vase scellé qu'il transformera en foyer d'énergie négative. Et son but est d'établir le règne de la mort.

Les cinq hommes frissonnèrent.

— Si l'auteur de ce méfait est un démon du désert, reprit Ramsès, nos magiciens le repousseront après que vous aurez trouvé son repère, et nous lui reprendrons le trésor d'Osiris. S'il s'agit d'un magicien noir, il a forcément laissé des traces, et vous tenterez de remonter jusqu'à lui, au péril de votre vie. Il est encore temps de renoncer.

— Je suis votre serviteur, Majesté, déclara Ched le Sauveur, et je suis fier que vous m'ayez choisi pour accomplir cette mission.

Les trois subordonnés de Ched acquiescèrent d'un signe de tête.

— Si Pharaon m'envoie en première ligne, ajouta le général Ramésou, je me montrerai à la hauteur de ma tâche.

Ramsès apprécia le courage et la détermination de ces braves ; mais suffiraient-ils à remporter la victoire ?

– 20 –

La lune brillait, des nuages couraient vite dans le ciel ; lorsque l'un d'eux prit une forme étrange, un long museau courbé flanqué de deux oreilles, le mage noir sut que son invocation au génie des ténèbres le mettait en contact avec lui.

Il étala sur le sol un linge souillé du sang d'un mouton qu'il avait égorgé le matin même et dessina le bracelet gravé au nom de Ramésou dont il écrivit le nom.

Lentement, les hiéroglyphes se mirent à onduler ; en s'interpénétrant, ils déchirèrent les voiles du temps et de l'espace.

Alors le mage vit la petite salle du palais de Pi-Ramsès où le général Ramésou avait été convoqué. Son regard lui servait de relais, et il assista à l'entretien entre le pharaon et les cinq hommes auxquels il confiait une mission essentielle. Son fils aîné ne lui ferait courir aucun risque ; les quatre autres, en revanche, étaient chargés de l'identifier.

Amusé, le mage leur réserverait de belles surprises.

*

Un rayon de soleil illumina la table du petit déjeuner sur laquelle une servante disposait un bol de lait, des dattes, une galette chaude remplie de fèves et deux tranches de lard. Kékou s'apprêtait à déguster les produits de son domaine lorsqu'une voix enchanteresse entonna une mélodie d'une telle suavité que tous les domestiques prêtèrent l'oreille.

Une mélodie heureuse, célébrant l'éveil de la vie grâce aux premiers rayons de l'astre, vainqueur de la nuit ; Kékou lui-même céda à la magie de la cantatrice, aux inflexions lumineuses.

Apparut Sékhet, radieuse.

— Ma fille chérie, permets à ton père d'admirer ta beauté et ton talent ! Viens t'asseoir à côté de moi, et partageons ces nourritures.

Les yeux de la jeune femme sourirent.

— J'ai faim, avoua-t-elle.

Le Vieux connaissait la cause de cet épanouissement, mais il gardait le secret et avait une tâche urgente à remplir : remettre à Kékou une missive provenant de Pi-Ramsès.

Le maître du domaine brisa le sceau du général Ramésou.

— L'annonce de ta nomination ? demanda Sékhet.

— Possible.

Au fur et à mesure de la lecture, le visage de Kékou se crispa.

— Mauvaise nouvelle, père ?

— Le fils aîné du pharaon me donne un ordre : te convaincre de l'épouser. Sa patience est à bout, et les conséquences de sa colère pourraient être redoutables.

— Moi, je ne les redoute pas ! Qu'il épouse quelqu'un d'autre. À Pi-Ramsès, les jolies femmes ne doivent pas manquer.

— Malheureusement, c'est toi qu'il veut. Et maintenant.

— Hors de question !

— Je suis inquiet, Sékhet, le ton de cette lettre est menaçant ; le général Ramésou est un personnage de premier plan, aux pouvoirs étendus. Il est capable de nous porter des coups sévères et de briser ma carrière. Hélas ! Ce n'est pas une simple affaire sentimentale, et je te prie de voir la réalité en face.

— La lucidité ne modifie pas ma décision.

— Nous sommes emportés dans une tourmente, ma fille chérie ; sans le vouloir, tu as séduit le fils de Ramsès, et son successeur désigné. Un jour, tu seras reine d'Égypte. De quoi te donner le vertige, je l'admets ; parfois, le destin nous impose sa loi. Tu es assez intelligente pour le reconnaître.

— Désolée, père, je n'épouserai pas le général Ramésou.

— La situation est grave, Sékhet, et je te supplie de réfléchir ; au moins, si tu en aimais un autre, je comprendrais ton obstination.

— Eh bien…

La jeune femme se détourna et contempla le jardin.

— Explique-toi, exigea Kékou.

— C'est difficile à dire.

— Vu les circonstances, ne me dois-tu pas la vérité ?

— Setna et moi, nous nous aimons.

— Setna, le fils cadet de Ramsès… Es-tu certaine de tes sentiments ?

— Je le suis.

Kékou parut perplexe.

— Setna se destine à une peu brillante carrière de scribe et de ritualiste, à Memphis ; Ramésou, lui, est promis au pouvoir suprême. Il ne permettra pas à son frère de t'épouser.

— Ce général serait-il tout-puissant ?

— Tu es si jeune, Sékhet ! L'ambition s'accompagne souvent de cruauté, et je redoute la réaction de Ramésou.

— Sois à mes côtés, et nous lui rabattrons le caquet !

— Je ne partage pas ton optimisme. Avant de répondre au général, je veux m'entretenir avec Setna.

*

Le bonheur que vivait Setna le rendait à la fois léger et grave. Léger, car cet amour fou envahissait son être et le délivrait de ses pesanteurs ; grave, puisque son esprit n'était pas obscurci. Ayant assimilé en deux nuits le papyrus géographique, il se sentait prêt à répondre aux questions du Chauve.

Prêt, aussi, à épouser Sékhet.

Et c'était la raison pour laquelle il se rendait à sa somptueuse villa, persuadé qu'elle attendait sa visite. Le bonheur qu'ils avaient vécu n'était pas éphémère ; cet instant de communion, ils le transformeraient en une longue existence commune et resteraient unis au-delà de la mort.

Au milieu de la matinée, il se présenta au portier.

Mal rasé, le front bas, le cerbère n'avait pas l'air aimable.

— Tu veux quoi, garçon ?

— Voir la dame Sékhet.

— Et tu lui veux quoi ?

— Ça ne te regarde pas.

— Tout me regarde, moi, et je ne laisse pas entrer n'importe qui.

— Je te conseille d'avertir ta patronne.

— Ah oui ? Et sinon, je risque quoi ?

Une série d'aboiements intrigua le portier.

— Ouvre, ordonna la voix du Vieux.

L'ordre fut promptement exécuté.

— Geb m'a averti de ta présence, précisa l'intendant ; suis-moi.

Le chien noir lécha le mollet de Setna, qui lui caressa les flancs ; entre eux se nouait une solide amitié.

— Je dois te conduire auprès de Kékou, annonça le Vieux ; le père de Sékhet désire te parler.

Cette entrevue était inévitable ; mieux valait affronter l'obstacle le plus tôt possible.

— Sois sincère, petit, recommanda le Vieux.

*

Décorée de scènes champêtres, la salle d'audience de Kékou était supportée par deux fines colonnes peintes en vert pâle. La force physique du maître des lieux et son regard acéré impressionnaient ses hôtes, et Setna ne fit pas exception à la règle ; son habitude de la méditation et la pratique des *Sagesses* lui permirent de garder un calme qui l'étonna lui-même.

Assis sur un solide fauteuil à pattes de lion, Kékou proposa au scribe un siège à dossier bas.

— Je suis honoré de recevoir chez moi le fils de notre roi bien-aimé, mais je ne me perdrai pas en vagues considérations concernant la vie mondaine de Memphis ; nous savons, vous et moi, qu'il nous faut aborder un sujet délicat : l'avenir de ma fille.

— Je l'aime et je désire l'épouser. C'est pourquoi je sollicite votre plein accord.

— Voilà qui a le mérite de la franchise, prince Setna ! Je vous imiterai donc : ce matin, j'ai reçu une lettre de votre frère aîné, le général Ramésou. Lui aussi veut épouser Sékhet.

Setna demeura impassible.

— Le choix appartient à votre fille.

— Certes, certes... Mais vous comprenez la difficulté de ma position !

— Ramésou est le général en chef de l'armée, le futur pharaon, et moi, un simple scribe dont l'ambition se limite à devenir ritualiste au temple de Ptah : j'ai conscience du fossé qui nous sépare, mon frère et moi, et je comprends que vous souhaitiez un brillant destin pour votre fille. Néanmoins, je me répète et j'insiste : n'est-ce pas à elle, et à elle seule, de décider ?

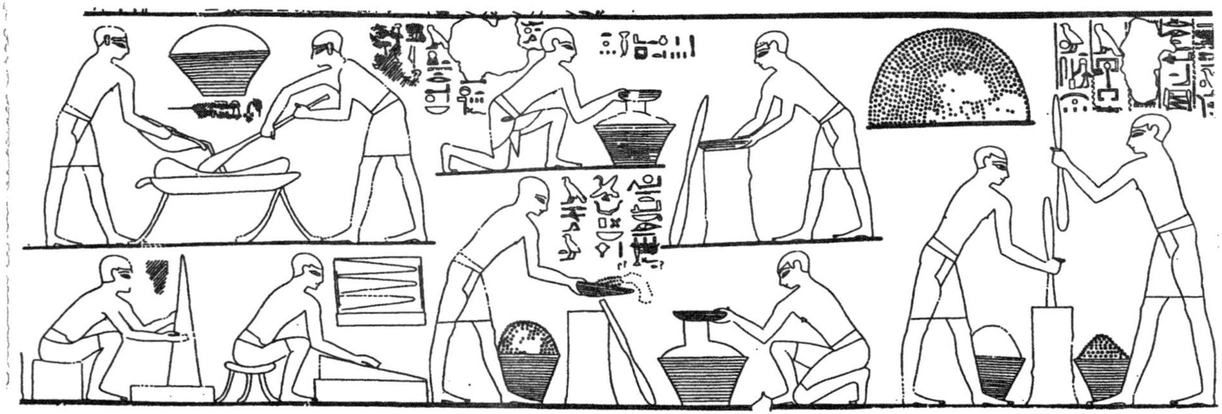

Boulangers au travail.
(Tombe de Rekhmirê.)

– 21 –

La détermination, la maturité et le calme du jeune homme surprirent Kékou. Si différent de Ramésou, il ne possédait pas moins de qualités et se révélait un digne fils de Pharaon. Ce caractère bien trempé ne serait pas facile à manipuler.

— Vous avez raison, prince Setna ; en Égypte, sous le règne de Ramsès le Grand, une femme est libre d'épouser l'homme de son choix, même contre l'avis de son père. Telle est la loi, et je la trouve excellente !

Le scribe esquissa un léger sourire.

— J'ai l'impression d'être le raisin au pressoir, poursuivit Kékou ; votre frère est un personnage très influent, il a coutume d'obtenir ce qu'il désire.

— Sa colère déferlera sur moi. Je ne le crains pas, nous nous expliquerons.

— Je ne serai pas épargné, déplora Kékou ; j'avais espéré occuper le poste de ministre de l'Économie afin de mettre mes compétences de gestionnaire au service du pays, mais Ramésou, en guise de représailles, me barrera le chemin.

— Ce serait injuste !

— Le bonheur de ma fille passe avant ma carrière.

— Je parlerai à mon père, promit Setna, et ne lui cacherai rien de la situation. S'il estime que vous êtes apte à remplir cette haute fonction, il vous la confiera ; c'est lui qui gouverne, pas Ramésou.

— Je vous remercie de cette démarche, prince Setna ; elle me touche profondément.

Il se leva, le scribe l'imita.

— À présent, je dois recueillir la réponse définitive de ma fille.

— M'autorisez-vous à lui parler sans cacher les difficultés auxquelles nous nous heurterons ?

— Je crois en votre rigueur. Quand la décision de Sékhet sera prise, qu'elle me rejoigne ici pour me la communiquer ; j'agirai en conséquence.

*

— Ça s'est bien passé ? demanda le Vieux, assisté d'un Geb aux grands yeux interrogatifs.

— Tout dépend de Sékhet, répondit Setna.

— Je m'en doutais ! Suis-moi.

Le chien noir guida les deux hommes jusqu'au laboratoire. Le Vieux frappa, Sékhet entrouvrit la lourde porte de bois.

À la vue de Setna, son visage s'illumina.

— J'ai parlé à ton père.

— Viens !

Elle l'attira vers elle et referma la porte.

— Allons nous désaltérer, dit le Vieux à Geb. L'amour, l'amour...

*

Setna découvrit le domaine réservé de la thérapeute avec émerveillement. Un monde étrange, peuplé de fioles, de pots, de coupes remplies de poudres, de liquides colorés et de substances intrigantes. Des odeurs inconnues flottaient dans l'air.

Le scribe serra la jeune femme contre lui.

— Prépares-tu toi-même les remèdes ?

— C'est mon travail de pharmacienne, il me reste beaucoup à découvrir ! La Supérieure des prêtresses de Sekhmet me transmet peu à peu son savoir ; grâce au papyrus rédigé par la lumière de la lune, j'ai mis au point de nouvelles formules. Comment s'est comporté mon père ?

Avant de répondre, il l'embrassa.

Interrompre le temps, vivre éternellement cette union, disparaître au sein de ce bonheur... Setna n'en avait pas le pouvoir.

Doucement, elle se détacha.

— Qu'a-t-il dit ?

— Je lui ai révélé mon désir de t'épouser, il m'a averti des intentions identiques d'un autre prétendant : mon frère aîné, Ramésou.

— Kékou connaît mon refus définitif !

— Il redoute la colère de Ramésou et d'éventuelles représailles.

— Ces menaces ne changent rien !

— Le danger est réel, Sékhet ; mon frère déteste qu'on lui résiste. Il te poursuivra de sa rancune et tentera de ruiner la carrière de ton père.

— Céder à un tel individu serait une faute mortelle !

Setna étreignit la jeune femme.

— Ton attitude signifierait-elle que... tu m'aimes vraiment ?

— Comment oses-tu poser cette question ?

Ils ne résistèrent pas au désir qui les enflammait.

*

L'amour qu'ils vivaient ne se réduisait pas au plaisir des sens et à l'exaltation des corps ; leurs âmes s'étaient réunies, leurs existences communiaient pour former une seule vie et un seul regard.

— Bois ça, garçon ! Ça te remontera le moral et le physique.

Assis entre le Vieux et le chien noir, Setna accepta une coupe de vin blanc aux arômes floraux.

— Qu'en penses-tu ?

— Une merveille.

— Ah, tu as du goût ! Crois-moi, ça compte. Ne pas reconnaître un bon vin, c'est courir à l'abîme. Et celui-là provient de ma propre vigne ; tu n'imagines pas à quel point je la bichonne !

— Cette entrevue est interminable... Kékou présente mille arguments à sa fille et tente de la convaincre d'épouser mon frère !

— Et alors ? Il gâche sa salive ! Moi, la petite, je la connais. Quand elle s'est fourré une idée dans la tête, le plus cabochard des cabochards ne réussit pas à l'extirper. Tout Kékou qu'il soit, il se cassera le nez.

— Et si je faisais commettre à Sékhet une terrible erreur...

— Ah non, pas de minauderie ! Vous vous aimez, c'est comme ça et pas autrement. Cesse de te turlupiner et ne songe qu'à rendre ta femme heureuse. Belle et intelligente, c'est rare, d'accord, mais tant mieux pour toi ! Crois-en une vieille baderne : vous deux, c'est du sérieux. J'en ai connu des roucouleurs et des fadasses ; ils se tripotent, se grignotent, et oubliées les promesses ! Ce n'est pas votre genre, la petite et toi.

— Mon frère ne renoncera jamais.

— Détrompe-toi, il trouvera une autre épouse !

— Sékhet est unique.

— C'est certain, garçon, mais elle a fait son choix.

— Son père veut le poste de ministre de l'Économie, il a besoin de l'appui de Ramésou.

— Bah ! Ça n'impressionne pas Sékhet. Et tu es le fils du roi, toi aussi !

— Mon père ne m'écoute guère ; il est normal que son général en chef soit proche de lui.

— Mon garçon, tu te rendras à Pi-Ramsès et tu parleras au pharaon.

— Je l'ai promis à Sékhet… Si elle ne cède pas à Kékou.

Le Vieux secoua la tête et remplit sa coupe.

— La voilà ! s'exclama Setna, voyant la jeune femme se diriger vers eux, de sa démarche aérienne.

Son visage semblait serein, mais ne s'agissait-il pas d'une illusion ?

Les yeux dans les yeux, ils se prirent les mains. Enfin, elle sourit.

— Je serai ton épouse, Setna, et toi, mon mari.

— Ton père a cédé ?

— Il a perçu la profondeur de notre engagement réciproque et n'a pas trouvé le moindre argument sérieux pour s'y opposer.

Les deux jeunes gens s'étreignirent, Geb gambada autour d'eux, et le Vieux écrasa une larme.

— Je vais chercher une jarre de première qualité, annonça-t-il. Nous allons tous boire à votre santé !

– 22 –

Ougès, tueur de Hittites, parlait peu ; rouquin, musclé, il ignorait la peur mais avait conscience du danger et ne cognait qu'à bon escient. Attaché aux multiples plaisirs de l'existence, Routy semblait aimable, presque inoffensif ; personne n'imaginait sa violence. Il frappait juste et de manière définitive. Némo avait l'air grognon, se plaignait de tout et mastiquait volontiers des oignons ; comment supposer qu'il écrasait, à mains nues, au moins cinq adversaires de sa taille ?

Les trois militaires avaient assisté, en Nubie, à l'exploit de Ched qui avait sauvé la vie du roi. Plus âgés que leur chef, ils lui vouaient une profonde admiration et lui obéiraient sans sourciller.

En leur confiant une mission particulièrement dangereuse, le monarque ne s'était pas trompé. Vénérant Ramsès, garant de la prospérité des Deux Terres, ils étaient prêts à donner leur vie pour repousser le Mal. Certes, l'adversaire désigné, démon du désert ou mage noir, serait redoutable, et la victoire, loin d'être acquise, entraînerait sûrement de la casse. Telle était la règle de ce jeu où la mort les attendait à chaque pas.

Première étape : les alentours de la tombe maudite. En inspectant les lieux, Ched espérait découvrir un indice.

Une cinquantaine d'archers interdisaient l'accès du site, avec l'ordre de tirer à vue. Seul le maire de Memphis était autorisé à franchir ce barrage ; aussi accompagna-t-il Ched et ses trois compagnons.

— Les gardes assassinés ont été inhumés et leurs familles éloignées de Memphis, précisa-t-il ; quant à la tombe maudite, je l'ai rendue inaccessible. Des débris de calcaire obstruent son entrée.

— Le meurtrier n'a-t-il laissé aucune trace de son passage ? demanda Ched.

— Des ossements humains calcinés, sans doute ceux de ses complices qu'il a éliminés afin de ne pas partager le butin.

— Les avez-vous conservés ?

— Ils gisent près de l'entrée de la tombe.

La poussière n'en avait recouvert qu'une partie. Les quatre soldats les dégagèrent avec une minutieuse lenteur.

— J'ai quelque chose, annonça Némo, bougon.

Il exhiba une bague en stéatite qui n'avait pas été calcinée.

— Elle porte un nom, constata Ched.

— Irsou, déchiffra Routy ; c'est un Syrien.

L'examen de ces sinistres vestiges ne procura pas d'autres informations ; mais les enquêteurs tenaient une première piste.

*

En retournant à sa bibliothèque, Setna n'avait cessé de chantonner, savourant ce bonheur inespéré. Oui, il parlerait à son père et parviendrait à le convaincre ; et il s'entretiendrait aussi longuement que nécessaire avec son frère afin de dissiper sa colère et de lui faire accepter la réalité.

Sur le seuil se tenait le Chauve, les traits creusés.

— L'heure est venue, Setna ; la confrérie des ritualistes du temple de Ptah a décidé de t'admettre en son sein.

Le Chauve prit la direction du domaine divin. Abasourdi, le scribe n'avait qu'à le suivre en silence.

Ils passèrent devant la façade gardée par les deux colosses de Ramsès et empruntèrent une petite porte, aménagée dans le mur nord, que leur ouvrit un gardien âgé, au visage rébarbatif.

Aussitôt, deux prêtres barrèrent le passage à l'impétrant et deux autres lui ôtèrent sa tunique avant de le purifier, en versant sur son corps de l'eau sacralisée provenant de deux hauts vases.

Le Chauve présenta au scribe une règle de bois graduée.

— Voici la puissance créatrice qu'utilise le dieu Ptah à chaque instant, révéla-t-il ; durable est la Règle, lumineuse son efficacité. Elle n'a pas été troublée depuis le temps d'Osiris. Grave-la en ton cœur et qu'elle gouverne ta vie.

Une clarté en jaillit, enveloppant le nouvel initié qui eut la sensation d'élargir son regard.

— Cette règle se nomme « tête et jambe », poursuivit le Chauve, car elle inspire à la fois notre pensée et notre démarche. Expression de la lumière divine, elle est la base de toute harmonie. Prêtes-tu le serment de la respecter et d'en préserver le secret ?

— Je m'y engage.

— T'engages-tu à ne pas élever la voix dans le temple de Dieu, lui qui déteste les cris, à le prier d'un cœur aimant et à lui faire offrande ?

— Je m'y engage.

— T'engages-tu à pratiquer les rites en rectitude, à t'éloigner des êtres mauvais, à combattre le Mal et à ne pas consommer d'aliments impurs ?

— Je m'y engage.

— Sois porteur du vêtement pur, Setna, ton corps nouveau de ritualiste.

Deux prêtres le revêtirent d'une tunique de lin blanc immaculé.

— Prends garde de ne jamais la souiller, recommanda le Chauve ; elle te permettra de franchir les portes des mystères. À présent, contemple le maître du temple.

Le Chauve ouvrit à Setna l'accès d'une petite chapelle, faiblement éclairée, où trônait une statue du dieu Ptah. Coiffé d'une calotte bleue, évoquant sa pensée créatrice de nature céleste, il tenait les sceptres « vie » et « puissance[1] », indissociables du pilier « stabilité » dont le nom était synonyme de « formulation[2] », puisque Ptah rendait la vie stable par le Verbe.

« Je suis le cœur et la langue de l'Ennéade, les neuf divinités qui façonnent l'univers, révélait le texte inscrit sur la statue, et je me manifeste en chaque dieu afin de perpétuer la lumière de l'origine. »

Setna demeura longtemps en méditation face à l'effigie de Ptah. Il eut la sensation que les hiéroglyphes étaient animés et qu'ils pénétraient en son esprit un à un.

— Puissent les quatre *ka* de Ptah te procurer l'énergie nécessaire à l'accomplissement de tes devoirs, souhaita le Chauve ; qu'ils t'assurent une existence cohérente, la prospérité, une belle demeure d'éternité et la postérité de tes actes.

Maniant une longue canne, un ritualiste conduisit le nouveau prêtre pur à l'orée de la vaste salle à colonnes où officiaient ses collègues.

— Accomplis avec rigueur ton service rituel, exigea le Chauve, chausse des sandales blanches, monte vers le temple, nourris-toi du pain consacré dans le sanctuaire, renouvelle l'autel des libations, augmente les offrandes. Un seul jour peut être l'équivalent de l'éternité, une seule heure

1. *Ânkh* et *ouas*.
2. *Djed*.

efficace pour le futur, car Dieu connaît celui qui agit en vérité.

Setna participa à sa première procession ; purifiés, vêtus de tuniques blanches, les ritualistes avaient les bras chargés d'offrandes, pains, cruches de bière, de vin et de lait, pièces d'étoffe, oies troussées, morceaux de bœuf, pots à onguents. Ils les déposèrent sur des autels, et la voix grave du Chauve résonna :

— Tu es Un, et pourtant partout présent sans perdre ton unité ; nous t'offrons un millier de toutes bonnes choses et pures, excellentes et délicieuses, destinées à ton *ka.* Continue à créer le ciel et la terre, permets à nos esprits de se tourner vers ta lumière, et à nos rites de maintenir l'ordre du monde, la course du soleil et le courant du fleuve.

Au-delà de la salle des offrandes, un autre autel, celui de la barque divine.

— En elle réside l'éternel mouvement qui relie les étoiles ; notre temple est un être vivant, la barque lui assure un incessant voyage dans l'invisible.

*

Au terme d'un banquet dont l'hôte était Setna, nouveau ritualiste de Ptah, le Chauve semblait épuisé. Néanmoins, il trouva la force de conduire son disciple à la bibliothèque du temple qu'éclairaient des dizaines de lampes à huile.

— Voici l'un de nos trésors les plus précieux, Setna ; désormais, elle te sera ouverte, et tu approfondiras ta connaissance de nos traditions, de nos rites et de nos sciences.

Émerveillé, le scribe découvrait des milliers de papyrus, de dimensions variées, où était préservé l'enseignement des Anciens ; une existence entière, même si elle atteignait cent dix années, l'âge des sages, suffirait-elle à embrasser l'étendue de ces connaissances ?

Setna fut incapable de dormir. À la suite de tant d'événements exceptionnels, comment ne pas être pris de vertige ? Ayant le sentiment de vivre une seconde naissance, source de multiples chemins, le jeune homme tenta de s'apaiser. Le meilleur moyen ? S'asseoir en posture de scribe, les mains sur les genoux, contrôler sa respiration et ralentir le flux de ses pensées. Une question le traversa : Sékhet serait-elle fière de lui ?

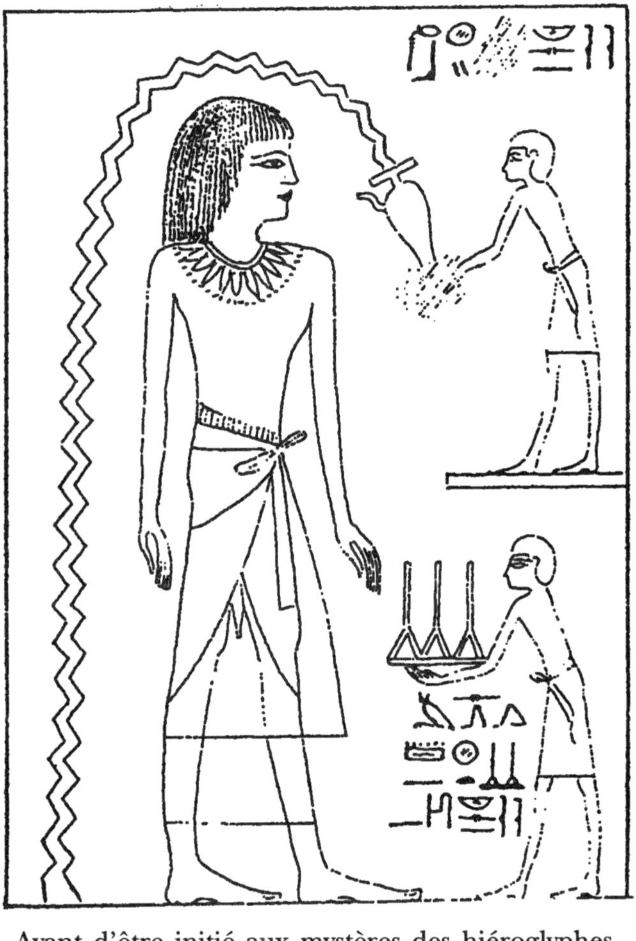

Avant d'être initié aux mystères des hiéroglyphes,
« les paroles de Dieu », l'indispensable purification.
(*Livre de sortir au jour,* chapitre 110.)

– 23 –

Ayant reçu les pleins pouvoirs et muni d'un document portant le sceau royal, Ched le Sauveur obtint l'aide de la police de Memphis qui mit ses indicateurs à contribution pour dresser la liste des Syriens nommés Irsou, en espérant que le personnage recherché ne passerait pas à travers les mailles du filet.

En un temps record, dix suspects furent repérés ; deux d'entre eux avaient disparu depuis plusieurs semaines.

Ched et Ougès se rendirent au domicile du premier, une demeure modeste du faubourg nord de la ville. Une femme acariâtre d'une quarantaine d'années se disputait avec des voisines, des adolescents se bagarraient.

— On se calme, lança Ched.

La femme le dévisagea.

— Tu es qui, toi ?

— Service du roi.

Interloquées, les voisines déguerpirent ; les gamins allèrent se battre ailleurs.

— Es-tu l'épouse d'Irsou le Syrien ?

— Ça te regarde ? J'ai du travail.

— Mon chef a posé une question, intervint le rouquin Ougès ; il attend la réponse.

— Et alors ? Vous croyez m'impressionner, tous les deux ?

D'un geste vif, Ougès lui saisit le bras gauche et le tordit derrière son dos, arrachant à la femme un cri de douleur.

— On va poursuivre cet interrogatoire chez toi.

Ched désapprouvait la brutalité de la méthode, mais l'urgence impliquait quelques entorses à la loi.

Un intérieur pauvret, un coffre à linge, des tabourets, des nattes. Salle de séjour, deux chambres.

— Ton mari a disparu, déclara Ched ; sais-tu où il se trouve ?

— Je l'ignore !

— Une tête dure, jugea Ougès, qui lâcha le bras de la mégère et sortit un poignard de fantassin.

Affolée, elle fixa l'énorme lame.

— Tu n'oseras pas...

— J'en ai découpé des plus coriaces ; c'est long et douloureux.

Elle se plaqua contre le mur. Très calme, le rouquin s'approcha.

— Mon mari n'a pas disparu ! Il se cache.

— Où ? questionna Ched.

— Je... je ne sais pas.

La lame se posa sur sa poitrine.

— Ici, à la cave !

— Pourquoi se terrer ainsi ?

— Il a volé un marchand de légumes qui a porté plainte, et la police le recherche.

— L'accès à cette cave ?

— Là, sous la natte. Ne nous faites pas de mal !

Ched ôta la natte, souleva un panneau de bois et découvrit une échelle menant à un réduit rempli de victuailles.

— Monte, Irsou ; sinon mon collègue étripe ta moitié.

L'interpellé gravit lentement les barreaux de l'échelle. Un type hirsute, au regard perdu.

— Tu t'appelles bien Irsou ?

— Oui, oui… C'est la première fois que je vole !

— Espérons que c'est la dernière.

Ougès remit son couteau au fourreau et sortit de la demeure.

— Vous… vous ne m'arrêtez pas ?

— On cherche un mort, pas un vivant, expliqua Ched, abandonnant le couple de Syriens abasourdis.

*

Bon-Voyage, le port fluvial de Memphis, grouillait de dockers, de livreurs et de commerçants. En un va-et-vient incessant, des bateaux de commerce arrivaient, d'autres partaient. Cette agitation apparente masquait une organisation rigoureuse, due à des scribes spécialisés qui vérifiaient les mouvements des navires marchands, la quantité et la qualité des denrées ; tout était noté, et la capitainerie du port mettait rapidement fin aux tentatives de trafic illicite.

Le docker syrien Irsou ne signait plus les listes de présence et semblait avoir disparu ; interrogés, ses collègues ne pouvaient fournir aucune explication. Némo et Routy décidèrent néanmoins de les questionner à nouveau.

C'était l'heure du déjeuner et quatre rudes gaillards, tous Syriens, engouffraient des galettes remplies de poissons séchés, à l'ombre d'un auvent.

— Salut les gars, et bon appétit ! dit Routy, aimable.

Vu sa tête et son allure, Némo avait renoncé depuis longtemps aux civilités et se contentait de mastiquer des oignons.

Muets, les dockers continuèrent à manger.

— On veut pas vous embêter, affirma Routy d'une voix paisible, juste vous poser quelques questions.

— Foutez le camp, rétorqua un frisé.

— C'est pas gentil, ça ! On a besoin de vous.

— T'as pas compris ? souligna un barbu.

— On aimerait savoir ce qui est arrivé à votre collègue Irsou ; en Égypte, on ne disparaît pas sans laisser de traces.

— Nous, éructa le frisé, on aime déjeuner tranquilles ! Foutez le camp, sinon on va s'énerver.

— Il n'y a pas de raison, estima Routy, puisque vous n'avez rien à vous reprocher.

Un silence pesant suivit cette déclaration. D'un même geste, les quatre Syriens posèrent leur galette.

— Ça signifie quoi ? demanda le barbu en s'essuyant les lèvres d'un revers de main.

— C'est assez simple, précisa Routy : ou bien vous nous aidez, comme des gens sympathiques et de bonne volonté, ou bien nous vous jugerons suspects.

— Et alors ?

— Et alors, vous aurez des ennuis. De graves ennuis. Ce serait dommage, non ?

— Tu crois nous faire peur, avorton ?

— Pour votre bien-être, vous devriez coopérer.

Une sorte de rire gras, ponctué de hoquets, secoua l'énorme carcasse du barbu ; ses camarades ne tardèrent pas à l'imiter.

— Et voilà ! s'exclama Routy ; la bonne humeur est de retour. J'étais persuadé qu'on s'entendrait.

Les Syriens se figèrent.

— Toi, t'es complètement bouché ! assena le frisé. Nous, on cause pas.

— On court au drame, les gars.

— Ah oui ? À deux minables contre nous quatre !

— Tu comptes mal.

Le frisé fronça les sourcils.

— Mon collègue n'a pas besoin de moi, expliqua Routy ; quand il aura fini de mastiquer son oignon, il vous frottera les oreilles. À mon avis, choisissez la diplomatie.

Le frisé se rua sur Routy. Le croc-en-jambe de Némo le déséquilibra, et une manchette à la nuque l'expédia dans une profonde léthargie.

Furieux, les autres dockers passèrent à l'attaque.

— Garde-moi le barbu vaguement intact ! cria Routy.

Les trois Syriens n'eurent pas le loisir de déployer une stratégie digne de ce nom. Leurs poings frappèrent le vide, et ils se retrouvèrent cul par-dessus tête sans comprendre ce qui leur arrivait. Un peu déçu de la faiblesse de l'adversaire, Némo piétina la nuque du premier, les reins du deuxième, et se contenta de briser le bras gauche du barbu, hurlant de douleur.

— Je déteste le bruit, avoua Routy ; cesse de beugler et parle-nous d'Irsou. En cas de refus, mon camarade te rendra infirme.

— Il… il a disparu.

— Nous le savons déjà.

— C'est un bonhomme, un drôle de bonhomme qui l'a engagé.

— Son nom ?

— Connais pas, mais je sais où il habite.

— Décris-nous l'endroit.

Volubile, le barbu donna un maximum de détails.

— Je forme un vœu, dit Routy de sa voix posée : que tu ne nous aies pas menti. Sinon, mon ami, nous reviendrons.

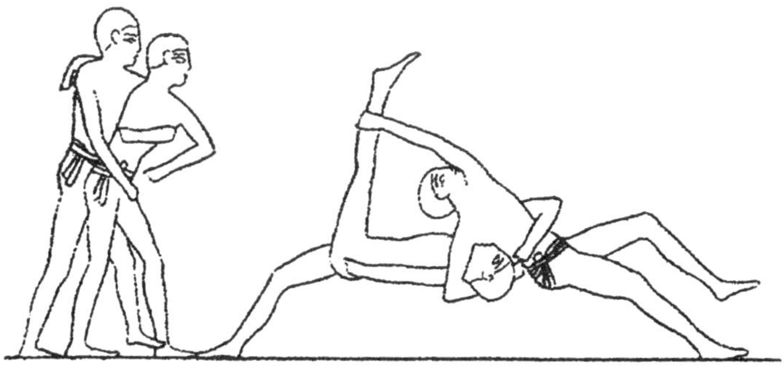

Les compagnons de Ched le Sauveur
terrassent aisément leurs adversaires.
(D'après Rosellini.)

– 24 –

Le mage noir se félicitait de son fabuleux succès, mais il fallait aboutir au triomphe définitif, et le chemin était encore long. Hors d'atteinte des enquêteurs de Ramsès, le vase scellé demeurerait inerte tant que son nouveau possesseur ne parviendrait pas à l'animer, grâce à la source d'énergie adéquate. Elle transformerait le vase en une arme terrifiante, capable de tout détruire, de polluer le feu, l'air, l'eau et la terre.

Aucun humain, fût-il élevé à la dignité de Pharaon, n'avait disposé d'un tel pouvoir. Destiné à transmettre la vie, le vase osirien répandrait la mort, cette incomparable puissance dont le mage noir serait le maître.

À la tête d'un réseau d'esclaves, sachant manipuler des êtres qui semblaient inébranlables, il se méfiait de Ramsès. Informé du désastre, le roi n'était pas resté inactif ; son commando était formé de militaires compétents et courageux, et le monarque prendrait des mesures magiques, destinées à conjurer le danger. La science des temples n'était pas négligeable, le mage ne sous-estimait pas ses adversaires.

D'abord, découvrir les modes de défense du pharaon et les anéantir ; ensuite, modifier la nature du vase. La consultation du *Livre des voleurs,* le grimoire qui lui avait permis de violer la tombe maudite, lui fournit une information capitale : seule une initiée aux mystères de Sekhmet, la déesse-Lionne, lui procurerait une aide décisive.

Quand les humains s'étaient révoltés contre la lumière, Râ avait envoyé sur terre son œil, sous la forme d'une lionne assoiffée de sang ; sans l'intervention de Thot, le maître de la connaissance et de la langue sacrée, le fauve aurait exterminé la race des insurgés. Les adeptes de Sekhmet touchaient au mystère de la mort et de la vie, le mage avait besoin de leur connaissance suprême : l'utilisation de cette énergie redoutable, tantôt positive, tantôt négative.

Une ultime étape difficile à franchir.

*

Sékhet s'était offert une grasse matinée, peuplée de rêves merveilleux où elle nageait dans une immense étendue d'eau en compagnie de Setna ; se touchant la main, ils passaient à travers de hautes vagues, éclataient de rire et goûtaient leur jeu à pleins poumons.

Un rayon de soleil la réveilla.

La jeune femme s'étira. Non, ce n'était pas un rêve ; elle était amoureuse et aimée, Setna existait bel et bien. Il partirait pour la capitale, parlerait au roi, apaiserait la fureur de son frère ; après la célébration de leur mariage, quelle résidence choisiraient-ils ? Une villa à Pi-Ramsès, à Memphis, la demeure de Kékou nommé ministre de l'Économie ? Presque futile, cette question amusait Sékhet, future maîtresse de maison !

Une douche délicieuse, le maquillage, la vêture… La jeune femme se laissait aller, persuadée de bientôt rejoindre Setna.

Son père avait quitté la villa. Pieds nus, elle parcourut le jardin et s'assit au bord du bassin aux lotus.

Le Vieux lui apporta du jus de raisin et du pain doré et croustillant.

— Le bonheur ne doit pas couper l'appétit, estima-t-il.

— Je n'ai toujours pas de réponse à ma question, rappela-t-elle.

— Quelle question ?

— Pourquoi étais-tu si troublé et continues-tu à me cacher la vérité ?

— Le monde s'ouvre devant vous, et j'ai un cadeau à vous offrir.

La curiosité de Sékhet fut éveillée.

— Un cadeau utile, ajouta l'intendant du domaine.

— Tu m'intrigues !

— Accompagnez-moi.

Ils marchèrent en direction de l'écurie.

— Le voici, dit le Vieux en désignant un jeune et magnifique grison qui dégustait des herbes fraîches.

— J'ai participé à sa naissance, je l'ai nourri et éduqué. Intelligence exceptionnelle, robustesse à toute épreuve, fidélité sans faille. Il portera votre matériel médical et ne se trompera pas d'itinéraire.

— Comment s'appelle-t-il ?

— Vent du Nord. Demandez-lui s'il apprécie son repas.

Sékhet s'approcha.

— Vent du Nord, aimes-tu ces herbes ?

L'âne leva l'oreille droite.

— As-tu envie de dormir ? questionna le Vieux.

En guise de réponse négative, l'oreille gauche se leva.

Lorsque Sékhet lui octroya sa première caresse, Vent du Nord la regarda de ses grands yeux marron, avec confiance et tendresse.

— Un fabuleux cadeau, murmura-t-elle.

— Je vous laisse, j'ai du travail.

En refusant de dissiper la seule ombre qui existait entre eux, le Vieux ne la rassurait pas.

Alors qu'elle engageait le dialogue avec Vent du Nord, annonçant leurs prochaines visites à des malades, le portier les interrompit.

— Un employé du temple de Sekhmet vous demande.

La Supérieure convoquait la jeune femme au coucher du soleil. Sans doute une cérémonie imprévue à laquelle Sékhet se réjouissait d'assister. D'ici là, la thérapeute et Vent du Nord effectueraient leurs premiers pas ensemble ; elle lui parlerait de son travail et, surtout, de Setna qui ne tarderait pas à prendre un bateau pour Pi-Ramsès. Dès son retour, ils se marieraient.

*

Soucieux de remplir au mieux la tâche que lui avait confiée le roi, Ramésou ne ménageait pas ses efforts. Étant donné l'ampleur du dispositif militaire déployé à Pi-Ramsès en vue de repousser toute tentative d'invasion hittite, le général en chef devait inspecter les casernes, s'entretenir avec la totalité des officiers supérieurs, assister aux manœuvres, vérifier le matériel et maintenir un moral élevé, en évitant d'évoquer un état de guerre. Officiellement, les négociations continuaient, et l'on espérait un heureux résultat. Cependant, la prudence recommandait de ne pas se relâcher.

Chaque matin, après le rituel d'éveil de la puissance divine par le pharaon dans l'un des temples de la capitale, Ramsès écoutait le rapport de son fils aîné. Indiscutablement, Ramésou se montrait à la hauteur de sa tâche et prenait de l'envergure. Ses subordonnés oubliaient son lignage et reconnaissaient ses compétences ; en le nommant à ce poste, le souverain ne s'était pas trompé.

Désireux de vérifier le moindre détail, le général avait renoncé à toute vie mondaine, refusait les invitations aux banquets et aux concerts, se couchait tôt et se levait à l'aube. Il dormait mal, en proie à l'inquiétude ; ce labeur intense serait-il utile ? Ne pas connaître l'identité de l'adversaire, ignorer sa stratégie et l'ampleur réelle de ses forces... De quoi rendre fou un chef d'armée !

Bien qu'il vénérât son père, Ramésou n'approuvait pas le choix de Ched le Sauveur à la tête de l'équipe chargée de trouver une piste menant au voleur du vase scellé. Trop jeune, trop inexpérimenté, amateur de coups d'éclat, baroudeur... Il n'avait aucune chance de réussir, et l'on perdait du temps. L'échec consommé, le monarque ferait appel à son fils aîné, et Ramésou lui prouverait sa vraie valeur.

Son aide de camp lui apporta une lettre. Le sceau de Kékou ! Enfin, une réponse.

Nerveux, le général déroula le papyrus. La longueur des formules de politesse, alambiquées à souhait, l'irrita ; et la suite le consterna.

Malgré son insistance, Kékou n'avait pas réussi à convaincre sa fille d'épouser Ramésou. Il le déplorait, présentait une kyrielle d'excuses, mais devait accepter cette fatalité. Et il annonçait la venue de Setna à Pi-Ramsès, lequel expliquerait à son frère les motifs de la décision de Sékhet.

Rageur, le général froissa le papyrus et le jeta au loin.

Setna… Setna lui dérobait la femme qu'il aimait ! Impossible, un cauchemar… Ramésou éclata de rire. C'était grotesque ! Comment Sékhet pouvait-elle les comparer, lui, le fils aîné de Pharaon, et ce petit scribe, voué à une existence de ritualiste ?

Reprenant ses esprits, Ramésou comprit.

Sékhet lui lançait un défi. L'amour ne lui suffisait pas, elle exigeait un combat et un vainqueur, en utilisant Setna comme appât. Tactique digne d'une femme de cette qualité… Consciente que le général ne renoncerait pas à la posséder, elle lui opposerait un maximum de résistance, afin de se faire désirer. Et le scribe crédule serait déchiqueté au milieu du champ de bataille !

Rassuré, Ramésou jouerait le jeu. Écouter les arguments du pauvre Setna serait une distraction originale.

– 25 –

Ched le Sauveur et ses compagnons avaient soigneusement préparé leur expédition. Selon les indications de la police, la maison suspecte, située dans un quartier modeste où habitaient des dockers et des employés du port, abritait un Syrien soupçonné de passer en fraude des vases précieux provenant d'Asie. Interpellé à deux reprises, le commerçant avait protesté de façon véhémente et prouvé son innocence ; néanmoins, les douaniers le tenaient à l'œil. Les témoignages des voisins n'étaient guère favorables. À certaines périodes, le bonhomme recevait beaucoup de visiteurs, à d'autres, il vivait enfermé. Peu causant, ne se liant avec personne, il bénéficiait des services d'un gardien, armé d'un bâton. Récemment, le Syrien avait acheté la maison jouxtant la sienne, agrandissant ainsi son domaine ; il y entreposait des marchandises, sous la protection d'un second gardien, aussi rébarbatif que le premier. Ni épouse, ni enfants. Âgé d'une cinquantaine d'années, amateur de beaux habits, le négociant vendait ses produits, principalement des bibelots, du mobilier et des étoffes, aux familles aisées de Memphis. Et nul ne l'accusait de pratiquer la magie noire.

— Pas le profil recherché, estima Némo en mastiquant un oignon.

— Il s'agit d'une filière syrienne, nota Ched ; ce marchand est sans doute un intermédiaire qui a engagé des dockers pour servir d'escorte au vrai patron.

— Et ils ont fini carbonisés, rappela Routy ; le pouvoir du vase ou celui du sorcier ?

— Pourquoi pas les deux ? s'inquiéta Némo ; je ne suis pas peureux, mais cette affaire-là me dépasse. Pas de quoi se réjouir.

— Tu as accepté cette mission, précisa Routy ; le roi n'a pas minimisé les risques.

— On a quand même le droit de s'exprimer, non ?

— Vous discutaillerez plus tard, ordonna Ched. La période d'observation est terminée, on élimine les deux gardiens et on entre. Némo, tu t'occupes du premier, Ougès du second. Si le marchand a prévu un dispositif de sécurité supplémentaire, Routy et moi, nous nous en occuperons. On se regroupe devant l'entrée principale.

Némo aimait les plans simples. Il arpenta la ruelle d'un bon pas et marcha droit sur le gardien de l'annexe qui, en raison de la lumière changeante du crépuscule, ne l'aperçut qu'au dernier moment. Soudain inquiet, il brandit son bâton. Némo empoigna le bras de son adversaire, arracha le bâton et l'assomma.

— Toi, jugea-t-il en crachant un morceau d'oignon, tu n'as pas de pouvoir magique.

Au même instant, Ougès se présentait face au gardien de la demeure principale.

Un lourd bâton jaillit, menaçant.

— Décampe, mon gars ! Mon patron n'est pas chez lui. De toute façon, il ne reçoit pas des types dans ton genre.

— Tu m'énerves.

Le garde ne vit pas partir la tête, puissante comme celle d'un bélier. Elle lui percuta la poitrine avec une telle violence qu'il s'effondra, à moitié mort.

— J'aurais pu cogner moins fort, marmonna Ougès, mais tu m'as énervé.

Aucune réaction à l'élimination des deux gardiens.

Les quatre hommes établirent leur jonction à l'endroit prévu.

— Qui s'occupe de la porte ?

— J'ai besoin d'activité, trancha Routy.

À le voir, en dépit d'une belle musculature, impossible d'imaginer l'explosion de violence dont il était capable. Il prit trois pas d'élan et, d'un coup d'épaule, disloqua l'épais battant de bois. Du talon, Ougès abattit le reste de la porte.

Tendu, Ched fut le premier à franchir le seuil, conscient de pénétrer dans un monde dangereux.

Une lampe à huile diffusait une lumière pâle. Posée sur un étrange pilier torsadé, elle avait la forme d'une oie troussée au cou tranché, symbole de la peur. Le long des murs, des banquettes couvertes d'étoffes rouges. Au centre de la pièce, le dessin d'une énorme flamme de la même couleur. Une odeur âcre s'en dégageait.

Ougès s'agenouilla et y posa le doigt.

— Du sang.

La flamme s'anima, léchant les bras d'Ougès, incapable de bouger ; et les banquettes s'embrasèrent.

— Sortez d'ici ! exigea-t-il.

Unissant leurs forces, ses trois compagnons tentèrent de le tirer en arrière. À une vitesse irréelle, l'incendie se propagea à l'ensemble de la maison dont le toit s'effondra.

*

Sékhet ne s'attendait pas à un tel accueil.

Le visage grave, deux prêtresses de Sekhmet la conduisirent à l'une des salles du temple qui lui restait fermée jusqu'à présent.

Ensemble, elles frappèrent trois coups à la porte de bois doré. Lentement, les deux battants s'ouvrirent, et Sékhet découvrit une salle à colonnes où siégeaient les ritualistes de la redoutable déesse. À l'Orient, la Supérieure, vêtue d'une longue robe rouge vif et coiffée d'un diadème en or. Jamais son regard n'avait été aussi perçant.

Désemparée, la jeune femme avait à la fois envie de s'enfuir et de comprendre la raison de sa présence en ce lieu interdit.

— Te voici à la croisée des chemins, déclara la Supérieure ; te contentes-tu de ton savoir ou désires-tu franchir la frontière te séparant du mystère ?

Sékhet ferma les yeux afin de mieux ressentir l'importance de cette question. Après avoir reçu de la lumière lunaire un papyrus médical d'une incomparable richesse, elle comptait approfondir cet enseignement des années durant, sans s'attendre à cette incroyable proposition.

Épouser Setna, développer sa pratique de thérapeute, fonder une famille, goûter les petits bonheurs quotidiens, affronter les inévitables difficultés… Sékhet se satisfaisait-elle de ce destin-là ? Franchir la frontière qu'évoquait la Supérieure impliquait de courir un risque, peut-être destructeur. La jeune femme était-elle capable d'affronter le mystère ?

La Supérieure ne manifesta aucune impatience, accordant à sa disciple le temps nécessaire pour résoudre son débat intérieur.

Une enfance studieuse, l'envie de comprendre les phénomènes vitaux, des études enthousiasmantes, l'entrée au temple, la guérison de ses patients… En refusant de poursuivre l'aventure, Sékhet se trahirait elle-même.

— Je désire aller plus loin, déclara-t-elle.

— Ce chemin n'est pas seulement rigoureux, révéla la Supérieure, il peut être mortel. L'acceptes-tu ?

Consciente du poids de ces paroles, Sékhet prit un nouveau temps de réflexion. À l'heure de son mariage, elle n'avait nullement envie de mourir ! Mais cette terrifiante épreuve n'illuminerait-elle pas sa vie ? Et ne regretterait-elle pas éternellement d'avoir renoncé ?

— Je l'accepte, trancha Sékhet.

Précédant la Supérieure, deux ritualistes conduisirent la jeune femme à une chapelle plongée dans l'obscurité.

— Voici l'étape décisive, annonça la septuagénaire ; affronte ton destin, Sékhet.

La porte se referma.

D'abord, elle ne vit rien ; puis une lueur rouge, intense, l'éblouit.

Et le visage d'une lionne apparut. Une tête de fauve sur un corps de déesse tenant le sceptre « puissance » et couronnée d'un énorme soleil qui brilla au sein des ténèbres.

Sékhet redouta d'être dévorée, mais il n'y avait nulle part où se réfugier. Alors, elle se redressa face à la Terrifiante, Sekhmet, la maîtresse de tous les pouvoirs.

La lionne avança, sa main saisit celle de l'adepte. Sékhet eut la sensation d'être projetée au cœur du soleil, sans ressentir de brûlure. Comme si elle possédait les yeux du fauve, elle parcourut le désert de Nubie à la recherche des humains révoltés contre la lumière, et les dévora les uns après les autres.

Repue, elle ressentit la soif. Le dieu Thot, à la tête de singe, lui offrit une coupe remplie d'un liquide rouge, le sang des hommes. Sékhet le but, se délectant d'une bière teintée brassée par le dieu. Sa fureur s'apaisa et, de lionne, elle devint chatte, douce et paisible, gardant néanmoins la promptitude féline et le regard pénétrant.

— Tu as vécu la mission qu'a remplie Sekhmet, conformément aux instructions de la lumière divine, révéla la Supérieure en reprenant la coupe. Désormais, tu percevras, au fur et à mesure de ton chemin, les secrets de la vie et de la mort ; et si tu en as la force, tu disposeras des pouvoirs de Sekhmet.

La statue de basalte continua à fixer Sékhet qui regagnait peu à peu son corps.

— Beaucoup n'ont pas survécu à cette épreuve, précisa la Supérieure ; maintenant, tu peux t'adresser à la Terrifiante. Elle te répondra.

– 26 –

Grâce à l'aide de quelques dockers courageux, redoutant que l'incendie de la demeure du Syrien ne touchât leurs propres maisons, Ched et ses trois compagnons avaient été tirés hors du brasier, juste avant l'effondrement des poutres.

Postés à proximité, des fantassins prêts à intervenir si Ched l'exigeait, avaient aussitôt transporté les quatre rescapés à l'hôpital de la caserne principale de Memphis. Sérieusement blessés et brûlés, Ched, Routy et Némo survivraient à ce piège ; Ougès, lui, paraissait condamné. Malgré son exceptionnelle robustesse, le rouquin avait été trop gravement atteint pour survivre.

— Qu'on aille chercher le meilleur thérapeute de cette ville ! tonna Ched, couvert de pansements.

— Inutile, jugea le médecin-chef de la caserne ; nous avons fait le maximum. Malheureusement, les brûlures sont profondes et la plaie à la tête, fatale.

De sa main gauche à peu près intacte, Ched serra la gorge du praticien.

— Le temple de Sekhmet abrite de vraies magiciennes ! Requiers immédiatement la plus experte, sinon je te tue !

Le gradé comprit que le directeur de la Maison des armes ne plaisantait pas et se chargea lui-même de cette démarche.

*

Sékhet avait passé la nuit dans la chapelle de la déesse-Lionne, et leurs esprits, en harmonie, avaient vogué au-delà de l'apparence et du monde des mortels. Lui permettant de voyager à l'intérieur d'un corps vivant, la patronne des guérisseurs s'était évertuée à lui enseigner les modes de circulation de l'énergie, visibles et invisibles.

Nourrie de la pensée de Sekhmet, la jeune femme ne ressentait aucune fatigue, tant ces découvertes lui dilataient le cœur.

Quand la Supérieure ouvrit la porte de la chapelle, Sékhet regretta la fin de cette communion avec la lionne. En elle, ses révélations s'étaient gravées à jamais.

— Le médecin-chef de la caserne principale de Memphis te réclame.

— Je ne le connais pas... Que me veut-il ?

— Un cas désespéré à traiter. Je lui ai donné ton nom.

— Désespéré, dites-vous ? Je ne pourrai...

— Il y a un temps pour la méditation, Sékhet, un autre pour l'action. Mets en œuvre ce que tu as vécu et perçu.

La Supérieure fournit deux trousses à sa disciple ; la première contenait des instruments chirurgicaux, la seconde des remèdes.

À la porte du temple, Vent du Nord attendait sa maîtresse. Ses sacoches remplies, il prit la direction de l'hôpital militaire.

*

Ched ne cacha pas sa surprise.

— Vous êtes... la fille de Kékou ?

— En effet.

— Seriez-vous l'assistante du médecin que nous envoie le temple de Sekhmet ?

— C'est moi, ce médecin.

— L'heure n'est pas aux plaisanteries ! L'un de mes hommes agonise.

— Je vais l'examiner.

— Vous... vous n'avez aucune expérience !

— La Supérieure des ritualistes de Sekhmet m'a choisie pour remplir cette mission. Sa caution vous suffit-elle ?

Désorienté, Ched ne pouvait que s'incliner.

— Vous avez été victime de brûlures, constata Sékhet ; votre subordonné aussi ?

— Brûlures, blessures, choc à la tête.

— Dans quelles circonstances ?

Ched se rétracta.

— Peu importe.
— Au contraire ! Je dois tout savoir.
— Impossible.
— Pourquoi donc ?
— Secret d'État.
— Je m'en moque ! Le drame s'est-il produit de manière... naturelle ?

La pertinence de la question étonna Ched ; peut-être la jeune femme ne manquait-elle pas de compétence.

— Naturelle... je ne crois pas. L'incendie était criminel.

Sékhet lut dans les pensées de Ched.

— Criminel... et d'origine magique ?
— Probable.
— Cette information était essentielle ; conduisez-moi auprès du blessé.

Un soldat porta les deux lourdes sacoches.

Ougès était étendu sur un lit aux pieds épais, la tête posée sur un coussin ; les yeux mi-clos, il respirait difficilement. Le médecin militaire lui avait administré un calmant à base de pavot qui atténuait ses souffrances.

— Sortez tous, ordonna Sékhet.

On ne discutait pas les ordres de l'envoyée de la Supérieure, la plus haute autorité médicale de Memphis ; elle n'avait pas désigné cette jeune femme à la légère.

Sa première tâche consistait à briser les séquelles de l'envoûtement qui empêcheraient les remèdes d'agir ; aussi prononça-t-elle la formule apprise au temple : « Tu es semblable à Horus, victime de Seth et du feu du désert ! Là-bas, l'eau manque, mais j'apporte celle de l'inondation, le grand flot guérisseur, capable d'éteindre la flamme maléfique. »

Sékhet éleva une fiole, remplie d'eau du premier jour de la crue, au-dessus du patient, et la déplaça lentement le long de son corps de la tête aux pieds, puis des pieds à la tête.

Ougès émit une plainte, libéré d'une oppression.

Certes, les brûlures étaient graves ; cinq jours de traitement intensif suffiraient néanmoins à empêcher toute dégradation. Il faudrait changer fréquemment les pansements, utiliser de la résine d'acacia séchée et broyée avec une pâte d'orge, de l'argile, de la graisse de taureau, plusieurs plantes mêlées à du cuivre et beaucoup de miel.

Restait la blessure à la tête : plaie profonde, écoulement de sang, un os touché. Une compresse servirait à sécher la plaie ; enduite de miel et de figues, elle hâterait la cicatrisation. Sur l'orifice, il serait indispensable d'appliquer un morceau d'œuf d'autruche malaxé avec de la graisse.

*

Ched bondit.

— Votre diagnostic ?

— Une maladie que je connais et que je guérirai. Dans trois jours, le crâne sera refermé et la couleur de l'os aura celle de l'œuf d'autruche. De nombreuses compresses seront nécessaires, toute infection sera évitée et les énergies circuleront à nouveau. Votre ami a le crâne très solide, sa robuste constitution l'a sauvé.

Ched sourit.

— Alors... Vous êtes vraiment médecin !

— Et vous, le nouveau directeur de la Maison des armes, si je ne m'abuse ? Vous étiez invité au dernier banquet organisé par mon père.

— Une fête superbe en l'honneur de vos fiançailles avec le général Ramésou.

À son tour, Sékhet sourit.

— Sur ce point, vous vous trompez ; je vais effectivement me marier, mais avec Setna.

— Mon meilleur ami ! Je vous souhaite un grand bonheur et sollicite une faveur : silence total à propos de votre intervention. Vous ne m'avez pas vu et soigné personne.

— Le blessé était victime d'un envoûtement, et vous avez évoqué un secret d'État...

— Oubliez tout cela, je vous prie.

— Je rédige une ordonnance à l'intention du médecin militaire : qu'il la suive à la lettre. Si vous avez encore besoin de moi, vous savez où me trouver ; et n'oubliez pas de vous soigner.

— Merci pour votre intervention, Sékhet ; vous avez sauvé la vie d'un brave.

— Bonne chance.

Setna, le futur époux de cette femme magnifique… Ched se demanda s'il ne rêvait pas ! Une douleur à la jambe le rappela à l'inquiétante réalité. Le piège, tendu par un être maléfique, visait à les supprimer, lui et ses compagnons d'armes.

Maintes réflexions agitaient Ched.

Deux conclusions s'imposaient : comme l'avait annoncé le roi, l'ennemi était terrifiant, disposant de redoutables pouvoirs ; et cette douloureuse épreuve prouvait que les enquêteurs avaient suivi la bonne piste.

– 27 –

Le rapport urgent et ultrasecret de Ched le Sauveur parvint à Ramésou alors qu'il supervisait une manœuvre de chars à la grande caserne de Pi-Ramsès. Matériel de première qualité, régiment d'élite, chevaux parfaitement entraînés... La charrerie serait dévastatrice et terrasserait n'importe quel ennemi.

Le papyrus portait trois sceaux, et il était impossible de dénouer la cordelette. Seule solution : la trancher.

— Continuez sans moi, ordonna le général à ses adjoints, et signalez-moi la moindre bévue.

Montant sur son propre char qu'il conduisait lui-même, Ramésou emprunta à vive allure l'allée montant de la caserne au palais royal. Le pharaon en personne avait conçu les plans de cette nouvelle capitale, songeant, notamment, à la facilité de circulation. En cas de menace hittite, les troupes seraient mobilisées avec un maximum de rapidité. Comme ses prédécesseurs, Ramsès gardait en mémoire l'effroyable occupation des Hyksos, envahisseurs asiatiques qui avaient mis le Delta en coupe réglée ; ce n'était pas un hasard si le monarque avait implanté Pi-Ramsès à l'emplacement du centre névralgique de l'oppresseur, transformant ainsi le Mal en Bien. Pharaon ne maîtrisait-il pas, à l'instar de son père Séthi, la puissance du dieu Seth, maître de la foudre et de l'orage ?

Ramésou parcourut la distance en un temps record, sauta de son char à peine arrêté dont un palefrenier s'occuperait et grimpa quatre à quatre les marches de l'escalier menant à l'entrée principale. Les gardes s'inclinèrent, il franchit le seuil et se heurta à Néfertari.

— Je dois voir le roi de toute urgence.

— Il écoute les doléances d'un chef de province.

— Pourriez-vous l'avertir de ma présence ?

Connaissant l'influence de la reine, mieux valait ne pas la prendre de haut.

— Est-ce vraiment si urgent ?

— Je vous l'assure.

— Entendu, je préviens Sa Majesté.

L'intervention de Néfertari fut efficace, le monarque abrégea son entrevue et reçut son fils aîné.

Ramésou était toujours impressionné par la prestance de son père et la magnificence de son vaste bureau, aux fenêtres donnant sur sa cité où s'élevaient de nombreux temples.

Il lui montra le papyrus.

— Envoi de Ched conforme au code prévu, Majesté.

— Tranche la cordelette.

Ramésou s'exécuta.

— Brise le sceau de droite.

Le roi, lui, brisa celui du centre. Quiconque se serait attaqué au sceau de gauche aurait libéré une encre presque indélébile et souillé le document.

— Message intact, constata Ramésou.

Le monarque lut le rapport détaillé de Ched le Sauveur ; son visage demeurant impassible, le général ne sut pas s'il s'agissait de bonnes ou de mauvaises nouvelles.

— Ched et ses compagnons ont failli mourir dans l'incendie d'une maison piégée par le mage, révéla Ramsès ; gravement blessé, Ougès doit la vie à l'intervention d'une ritualiste du temple de Sekhmet, le médecin Sékhet.

Ramésou ne réagit pas. Sékhet… Une femme exceptionnelle ! Encore un signe prouvant qu'elle lui était destinée.

— Je suppose que Ched et ses hommes sont incapables de poursuivre leur mission, avança le général.

— Au contraire, il désire aller au terme de ses investigations. Bénéficiant de soins excellents, rassuré à l'idée qu'Ougès se remettra, Ched a la certitude d'avoir suivi la bonne piste. À l'évidence, mon fils, notre ennemi, assassin et voleur, n'est pas un démon du désert mais un mage noir, doté d'immenses pouvoirs et disposant d'un réseau bien implanté. Ne nous voilons pas la face : le combat sera impitoyable.

— Votre armée sera prête à tout moment.

— Considère-toi en guerre et ne relâche pas ta vigilance ; si l'enquête de Ched progresse, il te faudra intervenir.

*

Ougès se rétablissait à une vitesse incroyable. Observant à la lettre la prescription de Sékhet, le médecin militaire n'avait jamais vu un cas pareil ! Et la guérison de ses trois camarades ne traînait pas davantage, d'autant qu'ils manifestaient un féroce appétit. Et personne ne souhaitait renoncer.

Ayant échappé à une mort atroce, les quatre compagnons se fixaient un but : découvrir l'identité des salopards qui les avaient piégés.

En recevant la réponse du roi, Ched fut ravi. Elle ne comportait qu'un seul mot : « Continuez. »

Routy, Némo et Ougès furent tellement satisfaits que leurs dernières douleurs s'estompèrent. Puisque le pharaon leur accordait sa confiance, ils s'en montreraient dignes, au mépris de leur propre existence. Et Ched fut contraint d'ordonner à Ougès de se reposer encore deux ou trois jours afin de recouvrer l'ensemble de ses facultés, grognon, le rouquin s'inclina.

Accompagné de Routy et de Némo, Ched se rendit à la demeure du Syrien. Ne subsistaient que des ruines, témoins d'un incendie d'une violence exceptionnelle. Un cordon de policiers interdisait l'accès au site.

— On ne passe pas, déclara un moustachu.

— Ched, service du roi.

— Possèdes-tu un document prouvant ta qualité ?

Ched exhiba la tablette en bois lui conférant les pleins pouvoirs.

— Je dirige cette unité de surveillance, précisa le moustachu, et j'ai reçu l'ordre d'écarter les curieux.

— Je sais, c'est moi qui l'ai donné. Des incidents ?

— Des voisins m'ont questionné, je n'ai pas répondu. J'ai repéré un drôle de type, peut-être un Syrien ; il se tenait à l'écart et observait, sans oser approcher. J'aurais aimé l'interroger, mais il a disparu. Dans le coin, on ne le connaissait pas.

« Un envoyé du mage, chargé de constater la réussite de son patron », pensa Ched.

Les trois hommes parcoururent les ruines à la recherche d'éventuels indices.

— Notre adversaire n'est pas seul, estima Ched ; il est à la tête d'une bande de tueurs qu'il manipule.

— J'aurais préféré un démon du désert, dit Némo ; au moins, leurs pouvoirs sont limités !

— Tout mage qu'il soit, ce n'est qu'un humain, objecta Routy ; on lui fera la peau.

— Et si on s'occupait d'abord du propriétaire de cette charmante demeure ? suggéra Némo. Il a beaucoup à nous raconter, celui-là !

— J'ai adressé une requête officielle au directeur du cadastre, révéla Ched ; nous aurons le renseignement aujourd'hui.

Aucun cadavre n'ayant été retrouvé, il était certain que le Syrien avait prêté main-forte à l'organisation du piège mortel et qu'il s'occupait d'une filière composée, au moins en partie, de dockers. Avait-elle des ramifications à l'étranger, les Hittites se cachaient-ils derrière le mage ?

Némo souleva une poutre à moitié calcinée ; du mobilier, il ne restait presque rien. Routy l'aida à dégager les débris, avec un but précis : retrouver les traces du piège. Les fouilleurs furent récompensés : ils aperçurent le dessin de la flamme qui avait failli les anéantir.

À peine était-elle exposée à l'air libre qu'une chaleur intense s'en dégagea.

— Reculez ! cria Ched.

Routy jeta un morceau de bois ; en touchant le dessin gravé dans le sol, il s'enflamma aussitôt.

— Le maléfice fonctionne toujours, constata-t-il d'une voix blanche.

Prudemment, les trois compagnons s'approchèrent. De la fumée noirâtre montait en volutes, une odeur âcre agressait les narines.

— Regardez ça ! exigea Némo ; du sang s'écoule de la mèche !

— On recouvre cette horreur, préconisa Routy.

— Ça ne suffira pas, jugea Ched ; il faut éteindre cette flamme et l'empêcher de nuire.

— Comment procéder ? s'inquiéta Némo.

— Je connais un spécialiste, avança Ched le Sauveur.

– 28 –

Avant de partir pour la capitale, Setna voulait revoir Sékhet et lui parler de la réalisation de son rêve : devenir ritualiste de Ptah ! Le bonheur s'ajoutait au bonheur, une exaltation inconnue le gagnait. Et lorsqu'il s'adresserait à son père et à son frère, il trouverait les mots justes.

Alors qu'il prenait la direction de la villa de Kékou, l'un de ses collègues brisa son élan.

— Le Chauve te réclame.

— Que se passe-t-il ?

— Il est malade, très malade.

Décomposé, Setna pressa le pas vers l'annexe du temple où résidait son maître.

Allongé sur son lit, il respirait à peine, et son regard contemplait déjà un autre monde.

S'agenouillant, Setna serra la main du mourant.

— Je souhaitais te parler avant mon départ... Tu as bien travaillé pendant ces longues années et tu méritais d'appartenir à notre vieille et illustre confrérie. Ce n'est qu'un début, le chemin menant au secret du sanctuaire sera encore long.

Conforme-toi à l'enseignement des Anciens, lis et relis les livres qui préservent leur sagesse, place en ton cœur les paroles divines. En toutes circonstances, réfère-toi à ces écrits, car ils contiennent les réponses à tes questions ; grâce à eux, l'harmonie céleste s'est reflétée sur notre terre. Ces vénérables ouvrages contiennent une puissance lumineuse, une énergie rayonnante, seule capable d'élargir ta conscience aux dimensions de l'univers, dont tu n'es qu'une infime parcelle. En célébrant les rituels, tu vivras cette lumière et tu ressentiras sa puissance. Sache l'utiliser pour construire. Sois un artisan en paroles, la formulation juste est la véritable force ; le Mal ne s'aventure pas au voisinage du sage.

La voix était de plus en plus faible, Setna peinait à retenir ses larmes.

Le Chauve ouvrit sa main gauche ; scintilla une amulette en forme de lion.

— Voici le symbole de l'énergie lumineuse, l'éternelle adversaire des ténèbres. Mon maître me l'avait offert, je te l'offre ; puisse-t-il te protéger.

Setna passa l'amulette à son cou.

Le mourant prit une profonde inspiration.

— Nous sommes en grand danger, Setna ; il y a un an, un texte maudit, le *Livre des voleurs,* devait être enfin détruit. Il indiquait l'emplacement des tombes et détaillait leurs trésors. Hélas ! contrairement à la version officielle, ce ne fut pas le cas. Un mage l'a dérobé. Je l'ai appris trop tard pour faire rechercher le coupable et l'empêcher de répandre le Mal... Cette tâche te reviendra, et tu subiras des épreuves terrifiantes.

La main du Chauve se crispa, son regard chavira et son âme entreprit le grand voyage.

*

Désagréable de nature, le chef du cadastre était un petit homme maigre à la parole pointue. Tyrannisant sa cohorte de fonctionnaires, il travaillait à son rythme et détestait être bousculé.

L'irruption de Ched le Sauveur, de Routy et de Némo lui déclencha une aigreur d'estomac. Malheureusement, le directeur de la Maison des armes possédait les pleins pouvoirs pour mener son enquête, et le chef du cadastre ne pouvait l'expulser.

— Tu as l'identité du Syrien ?

— Désolé, je n'ai pas eu le temps de mener des investigations approfondies.

— C'était urgent, très urgent...

— Je suis débordé !

— La maison qui a brûlé n'était pas une petite masure, rappela Ched ; elle figure forcément sur le cadastre.

— Forcément, répéta le fonctionnaire.

— Et le nom de son propriétaire aussi.

— Aussi.

— Alors, je vais le trouver moi-même.

Le petit homme se leva brusquement.

— C'est impossible ! Je suis responsable des archives, personne d'autre n'est autorisé à les manipuler !

Mastiquant un gros oignon, Némo s'approcha.

— Dis donc, mon gars, tu ne serais pas de mauvaise volonté ? Moi, ces gens-là, ils m'irritent. Et quand on m'irrite, j'ai tendance à frapper.

— Si vous m'agressez, je porterai plainte !

— Pour ça, précisa Routy, il faudrait pouvoir parler ou écrire. Avec la bouche écrasée et les mains cassées, pas facile…

— Retenez-les ! supplia le chef du cadastre en s'adressant à Ched.

— Je veux le nom du propriétaire de cette maison. Et je le veux ce soir même.

— Vous l'aurez, vous l'aurez !

Au moment de quitter le bureau, Ched se retourna.

— Lorsque nous reviendrons, on n'aura pas le temps de discuter.

*

Le Vieux conduisit Setna au laboratoire de Sékhet.

— On te croyait parti pour la capitale !

— J'ai dû retarder mon voyage.

Le Vieux n'insista pas et frappa à la porte du domaine réservé à la jeune thérapeute qui fut longue à ouvrir.

— Je fabriquais un remède complexe et... Setna !

Ils s'étreignirent, le Vieux s'éloigna en marmonnant « l'amour, l'amour... ».

Le baiser des amants fut passionné, tant ils étaient heureux de se revoir plus tôt que prévu.

— Tu as choisi de rester à Memphis ? s'étonna-t-elle.

— De graves événements m'ont retenu ici.

Setna avait mûri ; sous l'apparence de la jeunesse, Sékhet découvrait un homme à la puissance contenue, déterminé et maître de lui.

— J'ai été élevé à la dignité de ritualiste de Ptah et je peux désormais accomplir le service mensuel du temple en qualité de « prêtre pur ». Et j'ai accès à la bibliothèque où sont préservés les écrits des Anciens.

Sékhet fut profondément émue.

— C'est... c'est merveilleux ! Ton rêve est devenu réalité !

De nouveau, ils s'étreignirent.

— Je viens de connaître un bonheur identique, avoua-t-elle : la Supérieure des ritualistes de Sekhmet m'a imposé l'épreuve suprême, la rencontre avec la déesse-Lionne, au cœur de son sanctuaire secret.

Inquiet, Setna contempla la jeune femme.

— Tu... tu n'es pas blessée ?

— Non, rassure-toi ! J'ai reçu l'enseignement de Sekhmet, mon regard s'est ouvert. Et ma première mission n'a pas tardé ! La Supérieure m'a envoyée à la caserne principale de Memphis pour tenter d'arracher à la mort un grand brûlé.

— Et… Tu as réussi ?

— Une force me dictait les gestes justes et les remèdes à utiliser. J'ai vu la circulation des énergies à l'intérieur du corps de ce patient, les endroits lésés, et j'ai su qu'il guérirait, sans hésiter à l'affirmer devant ton ami Ched.

— Ched ? C'était lui, le cas désespéré ?

— Non, l'un de ses hommes. Il a évoqué un secret d'État et m'a demandé le silence à propos de mon intervention, mais à toi, mon amour, je ne cacherai jamais rien.

Leurs regards se noyèrent l'un dans l'autre.

— Je prends le même engagement, Sékhet, et nous demeurerons unis pour l'éternité.

Enlacés, les amants surent que leur serment respectif résisterait aux épreuves et à l'usure du temps.

— J'ai retardé mon départ en raison d'un triste événement, révéla Setna ; le Chauve, le maître qui m'a tout appris, vient de mourir. Comme Sekhmet à ton intention, il m'a dicté la conduite à suivre.

— Serait-elle… d'une exigence intolérable ?

— Lire les écrits des Anciens et les mettre en pratique ne m'effraie pas. En revanche…

On frappa des coups insistants à la porte du laboratoire.

Sékhet ouvrit.

— Ched le Sauveur veut parler à Setna, déclara le Vieux ; ne l'ayant trouvé nulle part, il pense qu'il est ici. Dois-je le renvoyer ?

— Qu'il vienne, décida Setna.

Une amulette en forme de lion protégera Setna.
(*Livre de sortir au jour,* chapitre 17.)

– 29 –

Setna et Sékhet reçurent Ched le Sauveur auprès du bassin aux lotus ; le directeur de la Maison des armes portait encore plusieurs pansements, mais sa démarche était assurée et son regard vif.

— Pardon de vous importuner ; je devais consulter Setna de toute urgence.

Ressentant la tension, le Vieux s'était empressé d'apporter de la bière fraîche et légère.

— Mon patient se porte-t-il mieux ? demanda Sékhet.

— C'est incroyable, il est déjà debout et ne jure que par vous ! Vous lui avez sauvé la vie, et sa gratitude vous est acquise à jamais. Hélas ! nous nous heurtons à de sérieux problèmes.

— Sommes-nous toujours dans le secret d'État ? interrogea la jeune femme.

— J'en ai peur.

— De quoi t'occupes-tu exactement ? s'étonna le scribe.

— Sékhet l'a rappelé : secret d'État. Néanmoins, tu pourrais peut-être m'aider à traiter un détail.

— J'aimerais tout savoir.

— Impossible, Setna ; je tente de remplir une mission délicate et j'ai juré au pharaon en personne de garder le silence.

— Tu es mon meilleur ami... N'aurais-tu pas confiance en moi ?

— Comment me jugerais-tu si je n'étais pas fidèle à ma parole ? Seul ton père est habilité à te dévoiler l'entière vérité.

— Ne concernerait-elle pas le *Livre des voleurs* ?

Ched parut étonné.

— Tu es le premier à l'évoquer !

Setna ne douta pas de la sincérité du Sauveur.

— J'ai l'intention de me rendre à Pi-Ramsès et je parlerai au roi.

— Auparavant, puis-je espérer ton assistance ?

— Qu'attends-tu de moi, Ched ?

— C'est délicat, très délicat...

Setna perçut la raison de cette réticence.

— J'ai juré à Sékhet de ne rien lui cacher et je serai, comme toi, fidèle à ma parole. Quelle que soit ta demande, elle restera à mes côtés.

Ched s'inclina.

— Il s'agit d'un hiéroglyphe... maléfique.

— Lequel ?

— Une flamme d'où se dégage une chaleur intense et dont la mèche verse du sang. En touchant le dessin, Ougès n'a pu se dégager ; à trois, nous avons réussi à le tirer en arrière, mais la flamme avait déjà déclenché un incendie d'une violence anormale. Lorsque nous sommes retournés sur les lieux, elle continuait à émettre son énergie destructrice. L'éteindre me paraît indispensable : as-tu la solution ?

— J'espère la trouver dans les écrits conservés au temple de Ptah.

— Alors... Tu acceptes de m'aider ?

— En doutais-tu ?

Les deux amis se donnèrent l'accolade.

— Je vais chercher de mon côté, annonça Sékhet ; la déesse des médecins ne possède-t-elle pas le secret des feux ?

Le trio partit pour le centre de Memphis où se dressaient les temples de Ptah et de Sekhmet ; Vent du Nord les accompagna.

Quant au Vieux, il ne laissa pas chauffer la bière fraîche.

*

En attendant le résultat d'investigations qu'ils espéraient rapides, Ched le Sauveur, Routy et Némo se rendirent au bureau du directeur du cadastre, persuadés que le bonhomme, terrorisé à juste titre, leur livrerait enfin le nom du propriétaire de la maison piégée.

Affolé, son secrétaire particulier se précipita à leur rencontre.

— Mon patron, mon patron...

Némo lui saisit l'épaule.

— Calme-toi, mon gars ! Qu'est-ce qui lui arrive, à ton patron ?

— Il a disparu, il s'est enfui !

— Quand ça ?

— Après votre visite ! Il courait comme un fou. Selon des témoins, il aurait pris la direction du port.

Les trois compagnons se regardèrent : aucun doute, ils avaient déniché un membre du réseau ! Restait un espoir.

— Emmène-nous aux archives, ordonna Ched.

Le secrétaire finit par exhumer le dossier concernant la propriété du Syrien. Le papyrus la décrivait avec minutie, mais le bas du document avait été déchiré.

Pas le moindre nom.

*

La mine sombre, Ched rejoignit Setna et Sékhet sur le parvis du temple de Ptah. Le soir tombait, une délicieuse brise apportait de la fraîcheur, les citadins déambulaient, inconscients des dangers qui les guettaient. Çà et là, des lampes s'allumaient ; les maîtresses de maison préparaient le dîner, des enfants jouaient, Memphis profitait de la paix. Combien de temps encore durerait cette fausse quiétude ?

— Tu parais abattu, remarqua Setna.

— Un échec inquiétant ; éteindre cette flamme maléfique marquerait un premier succès. Avez-vous des armes ?

Les amants hochèrent la tête.

Dans l'une des sacoches en cuir de Vent du Nord, le matériel nécessaire ; d'un pas pressé, l'âne trottina en direction de la maison du Syrien.

— Saurait-il où nous allons ? s'étonna le scribe.

— Impossible ! rétorqua Ched.

— Vent du Nord est un cadeau du Vieux, révéla Sékhet ; il a choisi un animal exceptionnel. Cet âne n'a pas fini de nous surprendre.

L'équidé emprunta le trajet le plus court, obligeant ses suivants à maintenir une allure soutenue.

Routy, Némo et une dizaine de policiers gardaient les ruines d'où continuait à s'élever une fumée rougeâtre.

— Pas d'incident ? demanda Ched.

— Rien à signaler, répondit Némo.

— Pas de curieux ?

— Aucun.

— Dégagez la flamme.

Némo et Routy ôtèrent les débris de poutre calcinés.

Apparut le hiéroglyphe maléfique. De la mèche de la flamme jaillit un filet de sang, comme si le signe se sentait agressé.

Setna déclama la formule de conjuration extraite d'un ancien manuel traitant de la mutilation et de la dégradation des hiéroglyphes.

— À terre, monstre rempli de nocivité ! Que ton feu mauvais s'enfonce dans le sol, qu'il perde son pouvoir ! Toi qui maudis, sois maudit !

Quatre fois, en se plaçant à chacun des points cardinaux, Setna répéta la formule.

La fumée rougeâtre vacilla, dessina des volutes tourmentées et sembla perdre force. Au moment de s'éteindre, elle reprit de la vigueur.

Ce fut au tour de Sékhet d'intervenir ; afin de concrétiser la puissance des mots, elle déposa près de la flamme une statuette de la déesse-Lionne, en diorite.

Les participants au rituel crurent entendre un cri de douleur ; la mèche se redressa, enveloppa le cou de la déesse et tenta de le briser.

Utilisant un couteau purifié, Setna trancha la mèche.

En un instant, elle se dessécha et tomba en poussière ; le hiéroglyphe se liquéfia et disparut au sein d'un bouillonnement nauséabond.

— Contre quoi on lutte ? marmonna Némo, vaguement soulagé.

— Une belle saloperie ! estima Routy.

Sékhet éleva la statuette, dont le regard anéantit les dernières traces du maléfice.

Les bulles éclatèrent, le sol redevint terreux.

— Il faut creuser, déclara Setna.

Se servant de morceaux de bois, Routy et Némo dégagèrent une plaque de métal.

Un nom était lisible : *Kalash.*

Un nom syrien.

Par l'exercice d'une juste magie,
il est possible d'apaiser la flamme dangereuse.
(Tombe de Rekhmirê.)

– 30 –

— On le tient ! s'exclama Némo.

— Il faut d'abord le retrouver, précisa Routy.

— Je crois qu'Ougès en a tout particulièrement envie ; et on va mettre le paquet !

Ched approuva.

— Votre intervention a été décisive, dit-il à Setna et à Sékhet ; sans vous, je n'aurais pu aller plus loin.

— Tu te heurtes à forte partie, estima le scribe ; un gang de Syriens, aidé d'un magicien noir, mettrait-il notre sécurité en péril ?

— Désolé, mon ami, ma langue est scellée.

— Bonne chance, Ched.

— Et vous deux, soyez heureux !

Vent du Nord reprit la direction du domaine de Kékou.

— Pendant que tu prononçais la formule de conjuration, indiqua la jeune femme, ton amulette a brillé ; c'est un lion, n'est-ce pas ?

— Le Chauve me l'a donnée avant d'expirer et m'a demandé de la préserver, car elle s'est transmise de génération en génération.

— Elle est remplie de pouvoir, estima Sékhet ; le lion est l'inflexible gardien des temples, il rend actif l'air lumineux qui crée la vie. Ton maître t'avait en haute estime. Ce *Livre des voleurs* que tu as cité et dont Ched le Sauveur semble ignorer l'existence, de quoi s'agit-il ?

— Selon le Chauve, c'est un texte maudit qui indique l'emplacement des tombes et des trésors. Il aurait dû être détruit, mais un mage l'a dérobé. Mon maître n'a pas eu le temps de l'identifier.

Le regard de Sékhet s'assombrit.

— Il t'a confié cette tâche dangereuse, n'est-ce pas ?

— « Tu subiras des épreuves terrifiantes », a-t-il prédit ; si tu ne m'abandonnes pas, qu'aurai-je à craindre ?

En guise de réponse, elle lui offrit un baiser passionné ; Vent du Nord attendit patiemment la fin de ces effusions.

*

Terminant une petite amphore d'un rouge suave, délice de l'estomac, le Vieux ne cacha pas sa satisfaction d'apercevoir le trio. Et le chien Geb battit de la queue.

— Enfin de retour ! Je commençais à être inquiet et votre père aussi, Sékhet ; le repas est prêt. Pas d'ennuis, j'espère ?

— Tout va bien, affirma la jeune femme ; Setna, je te garde à dîner.

Le Vieux avait prévu un menu léger : poireaux vinaigrette, pintade grillée, haricots et pastèque. Un blanc jeune, presque pétillant, en entrée pour libérer les papilles, puis un rouge de bonne terre favorisant la digestion et garantissant un sommeil paisible.

Le sculptural Kékou les accueillit et embrassa sa fille.

— Des soucis ?

— Un maléfice à détruire, répondit Sékhet ; Setna a utilisé les formules adéquates.

— Et votre fille a fait l'essentiel, précisa le scribe ; sans elle, j'aurais échoué.

— Un maléfice ! s'étonna Kékou. De quelle nature ?

— Le hiéroglyphe de la flamme animée d'une force destructrice. Elle a provoqué un incendie et failli tuer plusieurs hommes.

— Effrayant ! Avez-vous découvert l'auteur de ce méfait ?

— Kalash, probablement un Syrien, révéla la jeune femme ; ce nom te serait-il familier ?

Kékou réfléchit.

— Non, il ne me dit rien.

— Peut-être, avança Setna, dirige-t-il une bande de voleurs ?

— S'il travaille au port, la police ne tardera pas à l'arrêter et mettra un terme à cette sinistre affaire ; asseyons-nous et dégustons ce sympathique dîner.

Tandis que le Vieux nourrissait Vent du Nord, gourmand de pain trempé dans la bière, les convives firent honneur aux mets d'une fraîcheur et d'une qualité remarquables.

— J'ai écrit au général Ramésou, annonça Kékou, et j'espère avoir utilisé un ton apaisant ; néanmoins, Setna, seule une négociation directe et des explications entre frères calmeront peut-être son ressentiment.

— Vous pouvez compter sur moi ; après les funérailles de mon maître, je partirai pour la capitale.

*

— Alors, pépère, on tient debout ? demanda Némo.

Fier, Ougès se redressa.

— J'ai faim.

— Nous aussi.

Les quatre compagnons dévorèrent du poisson fumé, des galettes d'épeautre, de la viande et un brouet à base de lentilles.

— On a une bonne nouvelle, avoua Routy en buvant un bol de lait ; on connaît le nom du salopard qui voulait nous rôtir.

— C'est pas vrai… murmura Ougès dont les yeux pétillèrent.

— Kalash, un négociant syrien en cheville avec les dockers.

— Une petite virée au port achèvera de me guérir.

— Es-tu certain d'avoir récupéré ? s'inquiéta Némo.

D'un seul coup de poing, Ougès fracassa une table basse qui se disloqua en quatre morceaux.

— Ça m'a l'air d'aller ; on fait mouvement ?

Doté d'un bel entrain, le commando quitta la caserne et se dirigea vers le port.

— Pas de violence gratuite, recommanda Ched. Priorité : obtenir des renseignements fiables.

— Sois tranquille, assura Ougès, se sentant en pleine forme. Tu n'as pas oublié de remercier en mon nom la beauté à laquelle je dois la vie ?

— Elle se réjouit de ta guérison.

— Sacré brin de fille ! J'envie le gaillard qu'elle accueillera dans son lit.

— Sékhet va épouser mon ami Setna.

— Sacré veinard !

Les quatre hommes s'immobilisèrent afin d'observer l'activité du port. Deux bateaux de charge appareillaient, et les dockers en déchargeaient quatre. On s'apostrophait, des ordres fusaient, un chef d'équipe intervenait, et le va-et-vient reprenait.

Ched et ses trois compagnons franchirent le seuil de la capitainerie, peuplée de scribes comptables occupés à vérifier les connaissements. Pas une marchandise n'échapperait à la taxation.

— Entrée interdite ! s'écria un fonctionnaire en se redressant d'un bond.

— On vient voir ton chef, déclara Ched, très calme.

— Impossible, il est occupé.

— Le service du roi n'attend pas.

— Je ne vous connais pas, moi, et...

— Tu m'irrites, bonhomme, trancha Ougès, et nous sommes pressés.

Craignant l'incident grave, le fonctionnaire cessa de résister et courut prévenir son supérieur, un bellâtre aux cheveux gominés.

— En quoi puis-je vous être utile ?

Routy ferma la porte du bureau dont les fenêtres donnaient sur les quais.

— Je n'apprécie guère ces manières et...

— Tu te tais, et tu écoutes, recommanda Ched.

Le Sauveur exhiba la tablette officielle lui donnant les pleins pouvoirs.

— En ce cas, admit le gominé.

— Nous recherchons un dénommé Kalash.

— Le négociant syrien ?

— Exact.

— C'est un professionnel sérieux, au-dessus de tout soupçon !

— Il a été accusé de trafic.

— Mais complètement blanchi ! À mon avis, rien à lui reprocher.

— Ah, tu crois ça ? fulmina Ougès, visiblement irrité.

— Je vous assure...

Le rouquin agrippa le gominé par le col de sa tunique et le souleva.

— Tu ne serais pas un peu son complice ?

— Vous divaguez, vous...

— Ton Kalash est un assassin, et nous avons ordre de l'arrêter. Ou tu causes, ou tu t'écrases sur le quai.

Le directeur de la capitainerie comprit que le tortionnaire ne plaisantait pas. Ched eut souhaité davantage de doigté, mais Ougès était passé si près de la mort que l'on pouvait pardonner certains débordements.

— Posez-moi, je parlerai !

Ched acquiesça, le rouquin ramena au sol le bellâtre.

— Évite de mentir, recommanda Routy ; mon camarade déteste les faux-culs et les renifle comme un chien de chasse.

Afin d'éviter le regard d'Ougès, le gominé baissa la tête.

— Kalash a acheté un bateau léger avant-hier, embauché une dizaine de marins et quitté Memphis.

— Sa destination ?

— Thèbes.

Thèbes, la grande cité du Sud, la ville sainte du dieu Amon.

« Étrange, pensa Ched ; pourquoi le marchand n'a-t-il pas tenté de rejoindre sa Syrie natale ? »

Physionomiste et bon dessinateur, il s'empara d'un calame, d'un morceau de papyrus et traça un portrait.

— Connais-tu cet homme ? demanda-t-il au bellâtre.

— Il accompagnait Kalash, j'ignore son nom.

Ainsi, le chef du cadastre en fuite était le complice du mage syrien ! L'enquête prenait bonne tournure.

Méfiant, Ougès empoigna la chevelure du gominé.

— Tu nous as tout dit ?

— Oui, oui, je le jure !

— Je l'espère pour toi.

La décision s'imposait : affréter un bâtiment militaire, prendre la direction de Thèbes, intercepter le mage syrien et ses acolytes.

– 31 –

La soirée était douce, le chien Geb dormait près de Vent du Nord, également assoupi, et le Vieux s'accordait quelques heures de sommeil. La maisonnée entière se reposait, au terme d'une rude journée de travail, marquée par une forte chaleur. L'an nouveau approchait, et l'on se préparait à des fêtes bien arrosées.

Assis dans de confortables fauteuils, sous un auvent, Kékou et sa fille contemplaient la nuit et le jardin. Le maître du somptueux domaine buvait une coupe de vin liquoreux, Sékhet de la bière légère.

— Je dois te parler de choses graves, ma fille chérie.

— Setna te déplairait-il ?

— Au contraire ! Sérieux, intelligent, courageux… Il a beaucoup de qualités.

— Alors, tu ne remets pas en cause mon mariage ?

— J'ai rendu les armes. À toi de décider, et à toi seule.

Elle l'embrassa sur le front.

— Je savais que tu comprendrais ! J'aime Setna, il m'aime : c'est si simple ! Mais... Ces choses graves ? Te refuse-t-on le poste de ministre de l'Économie ?

— La décision dépendra du talent de diplomate de Setna, de la réaction du général Ramésou et, surtout, de la volonté du roi.

— Rien n'est perdu ! À mon avis, Setna saura se montrer convaincant.

— D'une certaine manière, le résultat de cette ambassade m'importe peu.

Sékhet fut étonnée.

— Pourtant, tu désires exercer cette fonction !

— Ce n'est qu'une étape, et je la franchirai peut-être plus rapidement que prévu.

— Je ne comprends pas, père.

— Tu me connais mal, Sékhet, et j'aimerais te parler de mes véritables projets. Tu es le seul être en lequel j'ai une totale confiance. Marchons, veux-tu ?

Ils empruntèrent l'une des allées sablées du jardin, sinuant entre des massifs de fleurs alternant avec des arbres. La pleine lune argentait les feuillages, des oiseaux échangeaient des chants d'amour.

— Tu le sais, Sékhet, j'ai travaillé dur pour obtenir ce que nous possédons aujourd'hui ; malgré mon veuvage, j'ai tenté de t'offrir une adolescence heureuse, et te voici aux portes du mariage et d'une brillante carrière de médecin.

Bel horizon, mais de récents événements m'ont incité à élargir mes ambitions... *nos* ambitions.

Intriguée, Sékhet ne réagit pas.

— J'ai commis un léger mensonge, avoua Kékou, en affirmant que je ne connaissais pas Kalash, le négociant syrien ; Setna n'est pas encore ton mari et un membre de notre famille. Je réserve la vérité à toi seule.

— Ce Kalash est un criminel !

— Certainement pas, ma fille chérie ; n'écoute pas les calomnies officielles. Kalash était un homme riche, marié à une femme superbe et père de deux fils ; au retour de la bataille de Kadesh, l'armée égyptienne a rasé son domaine et massacré sa famille. Laissé pour mort, il a décidé de se venger. Devenu négociant, il a constitué un réseau d'opposants à Ramsès et croisé la route d'un vieux ritualiste du temple de Ptah, naïf et bavard, qui lui a révélé l'existence d'un livre indiquant l'emplacement des tombes contenant des trésors.

— Le *Livre des voleurs* ?

— C'est ainsi que l'appelle le pouvoir actuel ; en réalité, cette compilation était fort utile et n'aurait pas dû sortir des archives royales. L'administration a fait exécuter des copies, et l'une d'elles est tombée dans les mains de mon ami Kalash.

— Ton... ami ?

— L'injustice dont il a été victime m'a ému ; qu'il tente de la réparer n'a rien d'anormal. Et

Kalash a montré une vraie grandeur d'âme en m'offrant ce document et en sollicitant mon aide.

— Ce Syrien est un mage noir ! protesta Sékhet. Il a dessiné une flamme maléfique, destinée à tuer !

— Tu te trompes, ma fille : l'auteur de ce dessin, c'est moi. Et j'étais contraint de protéger mon ami, menacé par des assassins à la solde de Ramsès.

— Ched et ses hommes ne sont pas des assassins !

— Malheureusement si, et de la pire espèce ! Ils obéissent au général Ramésou que tu as repoussé avec raison.

Sékhet fut troublée ; comment imaginer de telles turpitudes ?

— J'ai sauvé Kalash et j'en suis fier ; grâce à ce livre remarquable, j'ai découvert un trésor, le plus incroyable et le plus fabuleux des trésors. Et nous allons le partager.

— En avons-nous vraiment besoin, père ?

— Je n'évoque pas des biens matériels, mais la puissance. Une puissance supérieure à celle de Pharaon.

— Tu m'effraies !

— Je comprends tes craintes, Sékhet, et je vais les dissiper. Toi qui as eu accès aux mystères de la terrifiante lionne Sekhmet, tu connais les pouvoirs des divinités. Le trésor en ma possession les surpasse ! Il s'agit du vase scellé d'Osiris, contenant le secret de la vie et de la mort.

Abasourdie, la jeune femme s'immobilisa et regarda Kékou, d'un calme inquiétant.

— Comment... comment l'as-tu découvert ?

— Le *Livre des voleurs* indiquait l'emplacement de la tombe maudite où le vase, sous haute protection, était à jamais hors de portée des humains. Du moins le roi le croyait-il, se fondant sur l'avis des magiciens et des ritualistes de la cour. Le livre fournissait de précieuses indications pour briser certaines défenses, et mon ami Kalash m'a procuré des textes syriens concernant la destruction des protections magiques. J'ai consulté des spécialistes, assimilé leurs connaissances, vérifié détail après détail l'efficacité de multiples méthodes. Me sentant prêt, j'ai tenté l'aventure.

— Cette tombe... n'était-elle pas gardée ?

— J'ai dû me débarrasser des soldats du tyran, en effet ; vu l'objectif, peu importait.

— Tu as... tué des hommes ?

— Trêve de sensiblerie, Sékhet. Lutter contre l'oppression, et celle de Ramsès est la pire de toutes, exige de rudes combats. Ces soudards avaient l'ordre d'éliminer quiconque s'approcherait de la tombe maudite ; je n'avais pas le choix.

— Et tu as osé y pénétrer ?

— La peur au ventre, je l'avoue ; si ma science s'était montrée défaillante, je n'aurais pas survécu. Et le danger me guettait à chaque pas. J'ai recueilli le bénéfice de longues nuits de travail, les formules et les pratiques utilisées se révélèrent parfaites. J'ai brisé les portes de l'ultime sanctuaire et prélevé le vase scellé, redoutant d'être anéanti ; mais je disposais du moyen de contrôler, au moins partiellement, l'énergie émanant du monde des morts.

Sékhet était au bord du malaise ; elle ne reconnaissait plus son père.

— J'ai mis le vase scellé en sécurité, poursuivit Kékou ; moi seul connais son emplacement, personne ne pourra l'atteindre.

La jeune femme se sentit soulagée.

— Donc, l'aventure est terminée !

Kékou la prit tendrement par les épaules.

— Oh non, ma fille chérie, elle débute ! Jusqu'à présent, le vase scellé a servi les tyrans ; demain, il sera l'instrument de notre victoire. En utilisant sa fabuleuse puissance, nous détruirons le pouvoir pharaonique et l'État dont il est le support, nous retournerons au chaos originel et changerons le visage de notre monde. Le roi sait que son trône se fissure ; il envoie ses meilleurs hommes en terrain inconnu afin de récupérer le trésor suprême, et met en œuvre ses défenses magiques que nous devrons identifier et disloquer. La bataille s'annonce féroce, ton aide m'est indispensable.

— Pourquoi entamer cette guerre ?

— Ramsès nous conduit au désastre, il perpétue la tradition de ses ancêtres qui consiste à lutter contre le Mal. Le Mal, l'énergie de ce chaos auquel nous redonnerons force de loi, grâce au vase scellé ! J'inverserai sa nature, je répandrai la mort et nous stériliserons la terre entière.

Sékhet vivait un cauchemar.

— Pourquoi, père, pourquoi ?

— Les humains sont les fils de la mort, c'est elle la puissance suprême qu'il nous faut honorer. Riche ou pauvre, dignitaire ou paysan, personne n'y échappe. Le vase scellé contient le secret de la mort, et je le lui arracherai ! Imagines-tu ce nouveau rayonnement ? Lorsqu'il aura éliminé l'inutile, ne subsistera que l'essentiel, et nous connaîtrons l'origine de la Création. Existe-t-il plus noble tâche ?

La jeune femme vacillait.

Kékou contempla les étoiles.

— Tu perçois l'ampleur de ma vision, Sékhet, et tu la partages, toi, la disciple de la déesse-Lionne qui sème la terreur en envoyant ses émissaires ravager cette humanité formée de cloportes ! Ramsès tente vainement de lui maintenir la tête hors de l'eau ; nous, nous la noierons en provoquant une vague immense, née du feu souterrain ! Alors pousseront les fleurs du Mal, et nous serons les maîtres de ce paysage. Toi qui maîtrises les énergies de la déesse-Lionne, tu sauras les déployer.

Sékhet s'assit au pied d'un sycomore et cacha sa tête dans ses mains.

— Je suis perdue, père...

— C'est normal, ma fille ; ce que je te dévoile est fabuleux ! Ensemble, nous franchirons une frontière interdite et découvrirons ce qu'aucun esprit n'a jamais atteint. Je te le répète : ton aide m'est indispensable.

— Permets-moi de réfléchir.

Kékou l'aida à se relever.

— Une autre réaction m'aurait déçu. Tu es une femme exceptionnelle, Sékhet, la seule capable de percevoir le but ultime ; demain, tu me donneras ta réponse.

Le mage s'éloigna.

Tremblante, la jeune femme découvrait la véritable stature de son père. Cent idées confuses torturaient sa pensée.

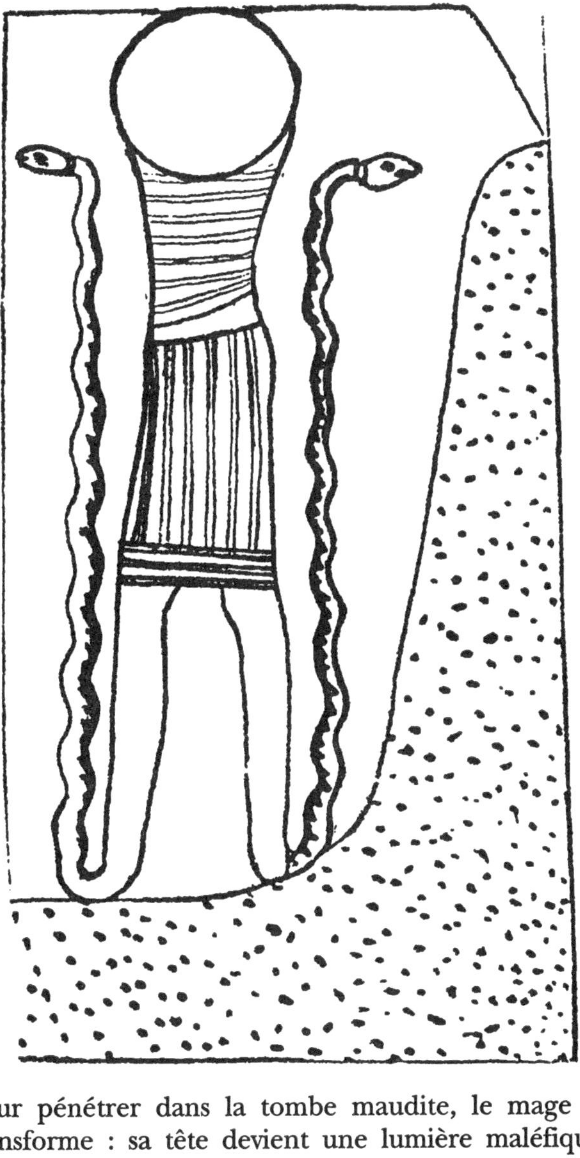

Pour pénétrer dans la tombe maudite, le mage se transforme : sa tête devient une lumière maléfique, ses jambes des serpents. (D'après Champollion.)

– 32 –

La demeure d'éternité du Chauve était prête depuis longtemps. En utilisant de solides cordages, des ritualistes descendirent le lourd sarcophage, au visage éternellement jeune, jusqu'au tombeau. Le puits funéraire serait ensuite rempli de pierraille, tandis que la chapelle resterait accessible aux vivants. Ils y déposeraient des offrandes et y célébreraient des banquets à la mémoire d'un « Juste de voix », reconnu tel à la fois sur terre et au ciel.

Setna pleurait ce maître qui lui avait tant appris. Distant, froid, exigeant, le Chauve ne songeait qu'à la pratique des hiéroglyphes et à la formation de ses disciples.

Cet exemple, le scribe ne l'oublierait pas. Suivre une voie droite, ne pas dévier au gré de sa fantaisie, privilégier la rigueur, ne pas cesser d'approfondir, reconnaître ses faiblesses et tenter de les dépasser… Le Chauve était un sage, lien indispensable entre les Anciens et les futurs ritualistes. Avoir bénéficié de son enseignement était une chance exceptionnelle.

Les initiés de la Maison de Vie de Memphis avaient célébré les rites secrets permettant à l'âme du défunt de s'élancer vers le soleil et de se transformer en lumière ; l'un d'eux formula une ultime prière, et le silence recouvrit la nécropole après qu'un prêtre d'Anubis eut apposé son sceau sur la porte de la tombe.

Setna resta seul, s'imprégnant de la magie de ce désert nourri du rayonnement des ressuscités ; le vent transmettait leurs paroles, leur ultime demeure n'était pas celle de la mort, mais d'une vie transfigurée.

Et les dernières paroles du Chauve ressurgirent.

Avant d'expirer, il lui avait confié une mission : retrouver l'homme qui avait dérobé le *Livre des voleurs*, au prix d'épreuves qualifiées de « terrifiantes ». La première n'avait-elle pas été l'anéantissement du hiéroglyphe maléfique ? Était-il lié au secret d'État qu'évoquait Ched le Sauveur, chargé d'une tâche bien mystérieuse, peut-être en rapport avec la disparition du livre ?

Affronter Ramésou ne serait pas une partie de plaisir. L'entêtement de son frère aîné constituerait un obstacle redoutable : il avait l'habitude d'être obéi et ne supportait pas d'être contrarié. Néanmoins, Setna ne redoutait pas cette entrevue ; étant donné la profondeur de ses sentiments et de ceux de Sékhet, il saurait convaincre Ramésou de renoncer à la jeune femme.

Sa mère, Iset la Belle, le soutiendrait, mais quel serait l'avis de Ramsès ? Son père lui imposerait-il une décision en fonction de ce « secret d'État », peut-être lié à la disparition du *Livre des voleurs* ?

Le bonheur semblait si proche... Pourtant, des nuages s'accumulaient. Ce soir, Setna remplirait sa fonction de ritualiste en préparant les vasques de purification destinées au rituel du matin.

Le lendemain, il partirait pour la capitale.

*

Une journée pourrie, et même pourrie de pourrie.

D'abord, la catastrophe : une jarre bouchonnée ! Le Vieux avait été contraint de recracher son blanc sec du matin, indispensable au déverrouillage de ses articulations.

Et la suite avait été calamiteuse : pain mal cuit, plusieurs employés souffrants, un jardinier blessé à la main, retards de livraison ! Seul un cuir épais pouvait résister à cette série de déboires ; si le Vieux cédait, l'édifice entier s'écroulerait.

Remâchant sa grogne, oubliant ses douleurs, il colmata les brèches, de sorte que le domaine fonctionnât au mieux ; il fustigea les mous, réveilla les dormeurs et dynamisa les chefs d'équipe.

Le petit déjeuner de Kékou ne souffrit d'aucun défaut ; superbement vêtu, il monta dans sa chaise à porteurs, à destination de la mairie de Memphis où il détaillerait son projet de construction de nouveaux greniers. La rumeur d'une promotion se propageait, confirmée par l'allure conquérante du notable.

Quand le chien Geb, l'œil inquiet, toucha de sa truffe la jambe du Vieux, ce dernier prit conscience d'une anomalie : Sékhet n'avait pas quitté sa chambre. Sa coiffeuse papotait avec sa maquilleuse.

— Qu'attendez-vous pour réveiller votre maîtresse ? s'étonna le Vieux.

— On la laisse dormir, rétorqua la coiffeuse ; peut-être se remet-elle d'une soirée agitée. À son âge, c'est normal !

L'intendant ne commenta pas et frappa à la porte de la chambre.

Pas de réponse.

Anxieux, il ouvrit.

Sékhet était couchée sur son lit, le visage enfoncé dans des coussins. Elle ne dormait pas, elle sanglotait.

— Ma petite… Qu'est-ce qui se passe ?

Rauque, émue, la voix du Vieux rassura Sékhet, qui se tourna vers lui. Jamais il ne l'avait vue à ce point affligée.

— Pardonne-moi… Je suis ridicule.

— Qui t'a blessée, Sékhet ?

La jeune femme essuya ses pleurs.

— Ce n'est rien… J'ai déjà oublié.

Elle se leva et se réfugia dans sa salle d'eau.

Au Vieux, on ne la faisait pas. Le dernier humain auquel elle avait longuement parlé, la veille au soir, c'était son père. Kékou s'opposait-il au mariage de sa fille avec Setna ?

— Tout va bien ? interrogea-t-il.

— Appelle ma coiffeuse, je te prie.

*

Kékou rentra de la ville peu avant le coucher du soleil ; le Vieux lui servit aussitôt de la bière légère.

— Excellente journée, déclara le maître du domaine, enjoué ; le maire approuve mon projet de construction de nouveaux greniers et m'a félicité pour ma gestion.

— Quand vous serez nommé ministre, vous serez contraint de quitter Memphis ; garderez-vous cette villa ?

— Nous n'en sommes pas là ! J'aime cet endroit, et cette cité demeurera le centre économique du pays. De fréquents séjours y seront indispensables, et tu resteras mon intendant.

— Par moments, quel fichu métier ! Ma journée, à moi, fut une calamité ; enfin, on s'en est sorti.

— Tu t'en sors toujours, le Vieux ! Ma fille est-elle ici ?

Sékhet apparut. Vêtue d'une robe rouge, maquillée à la perfection, portant des bracelets aux poignets et aux chevilles, chaussée d'élégantes sandales de cuir, elle n'avait jamais été aussi belle.

— Désirez-vous boire quelque chose ? demanda le Vieux.

— Ton meilleur vin.

L'intendant s'empressa de satisfaire le désir de sa patronne et s'éclipsa. À l'évidence, le père et sa fille allaient s'expliquer.

Sékhet but une coupe d'un rouge exceptionnel de l'an trois de Ramsès afin de se donner du courage ; Kékou se contentait de l'observer.

— Tout ce que tu m'as confié, père... C'était un mauvais rêve, n'est-ce pas ? Tu cherchais seulement à m'éprouver ?

— Non, ma fille, je t'ai décrit la réalité et la nature de mon combat. Acceptes-tu de m'aider et de te battre à mes côtés jusqu'au triomphe final ?

Sékhet parvint à soutenir le regard glacial de cet homme qu'elle avait aimé et respecté, ignorant ses véritables desseins.

— Non, je ne te seconderai pas, et je désapprouve ce combat.

La jeune femme s'attendait soit à une explosion de colère, soit à l'expression d'une rage froide ; mais Kékou se montra débonnaire, comme soulagé.

— Je respecte ta décision, ma fille chérie, et je la comprends. Sans toi, je ne peux arriver au but, et c'est peut-être mieux ainsi.

— Alors... tu renonces ?

— Tu m'y obliges.

— Que deviendra le vase scellé d'Osiris ?

— Là où je l'ai caché, personne ne pourra l'atteindre ; il est perdu à jamais. N'est-ce pas la solution idéale ? Ton amour compte davantage que la conquête d'un pouvoir, si extraordinaire soit-il ! Nous poursuivrons nos carrières respectives, tu vas te marier, et je remplirai les fonctions que l'on m'accordera.

Kékou ouvrit les bras, le père et la fille se congratulèrent.

Sékhet pleura de nouveau, mais de joie ; le cauchemar semblait terminé. Une inquiétude, cependant, subsistait : réussirait-elle à oublier les propos abominables et terrifiants de Kékou ?

Lors de funérailles d'un initié connaissant le « formules de transformation en lumière », sa momie bénéficie du rite de l'ouverture de la bouche et des yeux. Anubis, le dieu à tête de chacal, le protège et lui ouvre les chemins de l'au-delà. Vêtu d'un tissu imitant une peau de panthère, un ritualiste sacralise les offrandes, tandis que des « pleureuses » récitent les litanies d'Osiris, mort et ressuscité. (*Livre de sortir au jour,* chapitre 1.)

– 33 –

D'une oreille, le Vieux guetta des éclats de voix ; en leur absence, il conclut que la conversation entre le père et la fille se déroulait au mieux. D'un œil, il vit Sékhet regagner ses appartements et Kékou les siens. La démarche alerte de la jeune femme semblait rassurante. L'incident paraissait donc clos et, après cette journée éprouvante, le Vieux pouvait dormir en paix. Dernier hic : Geb avait refusé sa gamelle. Il mangerait plus tard.

À peine la tête posée sur l'oreiller, l'intendant s'assoupit et rêva d'une vigne immense, courant de la terre au ciel ; des grappes aux gros raisins s'écoulait un nectar, enchantant ses papilles. Le bonheur eût été total, si quelque chose ne lui avait pas gratté la joue.

Irrité, le Vieux se réveilla.

La langue pendante, les yeux inquiets, le chien Geb ôta sa patte.

— Qu'est-ce qu'il y a, mon gaillard ?

Geb émit un jappement angoissé, comme s'il évitait d'aboyer, tout en signalant une anomalie.

Le Vieux était habitué à percevoir la pensée des animaux et comprit l'avertissement.

— D'accord, c'est du sérieux ; je te suis.

Silencieux, l'animal et l'homme se dirigèrent vers le mur d'enceinte, à l'est de la villa.

Geb s'assit, le regard fixe. Le Vieux patienta, certain que le chien ne l'avait pas dérangé en vain.

Soudain, il les aperçut.

Deux silhouettes épaisses avaient escaladé le mur pour s'introduire dans la propriété. Vu leur corpulence, le Vieux n'était pas de taille à affronter ces intrus, surtout s'ils étaient armés.

Il ne lui restait qu'à donner l'alerte.

Mais le chien posa sa patte sur la main de l'intendant et le regarda avec intensité, le suppliant d'adopter une autre stratégie.

Pourquoi Geb, excellent gardien, n'aboyait-il pas, et pourquoi interdisait-il au Vieux d'appeler à la rescousse ? Ce qu'il lut dans les yeux du chien l'épouvanta.

— Non, impossible…

Le regard de Geb ne vacilla pas.

— Alors, ne perdons pas une seconde !

Le chien s'élança. Et la direction qu'il adopta confirma les craintes du Vieux, forcé de retrouver ses jambes de vingt ans.

*

Les deux dockers n'en menaient pas large. Malgré leur force physique, ils appréhendaient le moment où, pour la première fois de leur existence, ils allaient tuer un être humain. Des bagarres, des plaies, des bosses, des coups vicieux, ils avaient l'habitude ; mais donner la mort... Il faudrait planter les couteaux en plein cœur, avec un maximum de violence. Un tirage au sort avait désigné le premier à frapper.

En franchissant le mur, ils hésitaient encore ; à l'intérieur du domaine, plus question de reculer. Seul objectif : la prime fabuleuse qui leur avait été promise. Une maison et des champs ! Un rêve inaccessible, la fin d'un rude labeur au port de Memphis. Des ouvriers agricoles seraient à leur service, ils passeraient des journées entières à boire et à dormir. Tout cela en échange d'un crime dont ils ne seraient jamais accusés ! Refuser eût été stupide.

À l'approche du moment décisif, leurs nerfs se tendirent. On leur avait indiqué le trajet à suivre, afin d'éviter d'inopportunes rencontres. Quant au chien de la maison, il avait été drogué. Obstacle éventuel, le vieil intendant, parfois insomniaque ; les dockers l'assommeraient.

Ils parvinrent au seuil de la villa.

On avait laissé ouverte l'une des portes.

*

— Vite, Sékhet, réveille-toi !

Dormant d'un sommeil à la fois lourd et agité, la jeune femme ouvrit les yeux et découvrit le visage inquiet du Vieux.

— Lève-toi, habille-toi et pars !

Sékhet se redressa, peinant à comprendre.

— Que se passe-t-il ?

— Tu es en danger de mort et tu dois quitter immédiatement cette maison.

— C'est insensé ! Pourquoi n'alertes-tu pas les domestiques et mon père ?

— Je redoute des complicités.

— Des... complicités, ici ?

— Si tu tiens à la vie, prends la fuite ! Éloigne-toi de Memphis, fais confiance à Geb.

Sékhet sentit que le Vieux n'exagérait pas. Brutalement confrontée à un danger inattendu, elle se vêtit à la hâte et suivit le chien qui évita l'escalier principal.

L'intendant disposa des coussins et les recouvrit d'un drap.

À l'instant où il s'éclipsait, les deux dockers, pieds nus, franchissaient le seuil de la chambre.

Le premier se rua sur le lit, crut distinguer une forme étendue, et frappa à la hauteur du cœur ; son collègue l'imita.

*

— « Au secours, à l'aide ! »

La femme du boulanger sursauta. Son mari ronflait, elle le secoua.

— Tu n'entends pas ?

— Non, tu as rêvé... Rendors-toi.

De nouveau, le même appel : « Au secours, à l'aide ! »

— On dirait la voix du Vieux... Debout, il faut aller voir !

Artisans et domestiques sortaient de leur chambre et commençaient à courir dans tous les sens.

La voix puissante de Kékou les calma.

— Où est le Vieux ? demanda-t-il.

— Ici, répondit une voix lasse.

Assis au pied d'un grenadier, l'intendant reprenait son souffle.

— C'est toi qui appelais au secours ?

— Oui, mon maître.

— Pour quelle raison ?

— Des hommes se sont introduits dans la villa !

— En es-tu certain ?

— Je dormais mal, j'ai pris le frais. Et je les ai vus ! Ils sont entrés et ressortis si vite que je n'ai pas eu le temps de les intercepter.

— Heureusement pour toi, commenta le boulanger, ils t'auraient massacré !

— Combien étaient ces voleurs ? demanda Kékou.

— Six, sept, peut-être davantage... Ce fut si rapide !

— Et le garde n'est pas intervenu ?

L'accusé s'inclina.

— Ils ne sont pas passés par le porche, seigneur !

— Et le chien, s'étonna Kékou, pourquoi n'a-t-il pas aboyé ?

Chacun regarda autour de lui. Pas trace de Geb.

— Ma fille… n'est-elle pas réveillée ?

L'absence de Sékhet surprit la maisonnée, et l'angoisse s'installa. Kékou grimpa quatre à quatre l'escalier menant aux appartements de la jeune femme, le Vieux le suivit.

— Sékhet, tu es là ? interrogea son père. Réponds-moi !

Plantés dans son lit, deux couteaux ; Kékou arracha le drap.

Pas de corps, pas de sang.

— Sékhet, où es-tu ?

Kékou parcourut à grands pas le domaine de sa fille.

Vide.

— Ces hommes l'ont-ils emmenée ? demanda-t-il au Vieux qui fixait les deux couteaux.

— Je ne crois pas.

— Tu les as vus ou non ?

— Ce fut si rapide, je vous l'ai dit ! Mais je n'ai pas aperçu votre fille.

Kékou ordonna une fouille complète de la propriété, qui ne donna aucun résultat. Sékhet avait disparu.

— J'alerte immédiatement le maire de Memphis et la police. Et nous la retrouverons.

– 34 –

Dès l'aube, l'activité reprenait au port de Memphis, et les dockers chargeaient les premiers bateaux en partance pour Thèbes, la grande cité du Sud, ou Pi-Ramsès, la nouvelle capitale établie au nord. Entre Memphis, centre économique, et Pi-Ramsès, centre du pouvoir, les liaisons fluviales étaient fréquentes et rapides.

Son service au temple accompli, Setna n'avait emporté qu'un sac à dos de voyage contenant son matériel de scribe et une natte soigneusement roulée. Encore imprégné de l'atmosphère du temple de Ptah et de ses odeurs suaves, il songeait au rituel, célébré en secret par le grand prêtre, au nom du pharaon, seul habilité à ouvrir les portes de l'ultime sanctuaire afin d'éveiller la puissance créatrice, dispensatrice de lumière. Sans elle, la vie se serait éteinte. Le Chauve n'en avait pas dit davantage à son disciple, conscient que seuls les rites appropriés perpétuaient ce miracle, chaque matin, à l'issue du gigantesque combat opposant le nouveau soleil aux puissances des ténèbres.

Et ce matin-là, avant de sortir du sommeil, Setna avait éprouvé une sorte de malaise, croyant voir une bête monstrueuse dévorer Sékhet ! Trempé de sueur, le cœur battant, il avait mis de longues minutes à s'extirper de ce cauchemar.

La chaleur de l'été augmentait, et le niveau du fleuve ne cessait de baisser. Ajouté à l'absence de vent, le phénomène allongeait la durée des voyages, exigeant des marins un maximum d'efforts. Les rameurs peinaient mais ne se plaignaient pas, car ils touchaient une belle prime. Et chacun attendait la crue, synonyme de fêtes du Nouvel An et de banquets mémorables !

Setna, lui, se préparait à affronter son frère aîné. L'amour lui offrait une force inconnue, alliée à son calme naturel. Guerrier et chasseur, Ramésou convoitait Sékhet comme une proie ; Setna voulait bâtir son existence avec elle.

Rencontrer le pharaon serait une rude épreuve. Depuis longtemps, le roi avait dévoré le père et, en toutes circonstances, Ramsès privilégiait les devoirs de sa fonction à ses particularités humaines. En sa présence, un impératif : pas de faux-fuyants, ouvrir son cœur. Setna ne lui cacherait rien de ses actes, de ses intentions et de ses doutes ; il ne manquerait pas d'évoquer le *Livre des voleurs* et le secret d'État que connaissait son ami Ched le Sauveur, quitte à heurter un mur de silence. Le jeune homme ne réclamait pas de privilège, seule la vérité l'intéressait. Et il respecterait la parole implicite donnée au Chauve, en tentant de remplir la mission que son maître mourant lui avait assignée.

Setna voyagerait en compagnie d'autres scribes, appartenant à la haute administration de Memphis et devant rendre des comptes au ministère de l'Économie. Imbus de leur personne, ils ne lui prêteraient pas attention.

Le ritualiste abordait la passerelle quand on le tira par le bras.

— Un instant, mon garçon, murmura le Vieux ; éloignons-nous et écoute-moi.

— Désolé, je n'ai pas le temps ; le bateau va partir et…

— Sékhet a disparu.

Setna se figea, son cauchemar l'envahit ; mais, cette fois, il était éveillé ! Le Vieux l'entraîna à l'écart.

— J'ai beaucoup à t'apprendre et je ne peux plus me taire. En route.

— Où allons-nous ?

— Vers l'origine de tous les malheurs qui s'abattent sur nos têtes.

— Sékhet est-elle vivante ?

— Le chien Geb la protège, et la petite ne manque pas de ressources. J'ignore où elle se cache.

— Se cacher ? Mais pourquoi…

— On a du chemin à parcourir ; avec cette chaleur, ce sera pénible. J'ai prévu le nécessaire.

Les deux hommes rejoignirent Vent du Nord, équipé de sacoches contenant des gourdes d'eau et de bière, des galettes et des oignons. Déchiffrant la pensée du Vieux, l'âne prit la direction adéquate et adopta l'allure idéale.

— Kékou et moi venons de quitter le chef de la police ; de vastes investigations seront menées afin de retrouver ta fiancée. J'espère qu'elles échoueront.

— Serais-tu devenu fou ?

— Sékhet est en danger, en grand danger.

— Songerais-tu… à un complot ?

— C'est à craindre.

— Qui en serait l'investigateur ?

— Voilà la bonne question ! Moi, j'ai vu des tueurs s'introduire dans la propriété, avec l'intention d'assassiner Sékhet. Grâce à l'intervention de Geb, j'ai évité le pire. Le chien n'a pas aboyé, parce qu'il se méfiait des habitants du domaine, donc de complices !

— Sans vouloir te vexer, ne divagues-tu pas ?

— Si tu avais vu les couteaux plantés dans les coussins que j'avais disposés pour simuler le corps de ta fiancée, tu ne douterais pas. Elle a échappé de peu à la mort.

Setna fut ébranlé.

— Moi, je la retrouverai, et j'identifierai les coupables !

— Folle jeunesse, marmonna le Vieux.

Le scribe s'aperçut qu'ils sortaient de la ville.

— Tu me conduis vers elle, n'est-ce pas ?

— J'aurais préféré ! Prépare-toi à découvrir une effroyable réalité.

*

Au crépuscule, ils s'offrirent une longue halte, se désaltérèrent et se restaurèrent. Délesté de ses sacoches, l'âne mangea de la luzerne.

— Ne sommes-nous pas à la limite de la nécropole ? s'étonna le scribe.

— À une centaine de pas, les premiers gardes ; je sais comment les éviter. Ensuite, le parcours sera risqué. Vent du Nord nous guidera.

— Cette expédition est-elle vraiment nécessaire ?

— Tu n'imagines pas à quel point !

L'âne choisit un itinéraire sinueux, de manière à passer au large des soldats chargés de veiller sur les différents secteurs de l'immense nécropole de Memphis. Un rouge brutal de sa propre vigne procurait au Vieux une énergie digne d'un athlète, et le souffle ne lui manqua pas.

Soudain, Setna ressentit l'hostilité du désert d'où pouvaient surgir des démons ; il tâta son amulette en forme de lion, confiant en sa capacité de protection. Le Vieux s'arrêta au pied d'un monticule de sable et de pierraille.

— Grimpons au sommet ; surtout, pas un bruit.

Du promontoire, ils découvrirent un tumulus autour duquel étaient disposés une vingtaine de gardes, armés de piques. L'entrée du monument était obstruée par une masse impressionnante de débris de calcaire.

— Voici la tombe maudite, murmura le Vieux. Ici, j'ai vu ce que je n'aurais pas dû voir.

Setna ressentit l'effroi du Vieux ; le souvenir de ce moment l'avait profondément marqué.

— Le mage a brandi un poignard capable de percer les nuages et de déclencher la foudre, raconta-t-il, la gorge nouée. Il est entré dans la tombe maudite et en est ressorti avec un objet dissimulé sous un voile rouge, « le trésor des trésors, le secret de la vie et de la mort », d'après ses propres paroles. Lorsqu'il a ôté le voile, j'ai discerné un vase d'où jaillit une fumée orangée qui calcina les acolytes du mage ! Un vase contenant le mystère suprême et la véritable puissance...

Un long silence succéda à ces révélations.

— Pourquoi m'as-tu amené ici, le Vieux ?

— Je ne suis qu'un intendant, incapable de comprendre les raisons de ce vol et de ces crimes... Toi, le fils de Ramsès, scribe et ritualiste, tu parviendras peut-être à briser les reins de ce sorcier.

— Et tu le crois responsable de l'attentat contre Sékhet ?

— Je n'en ai pas la preuve, mais c'est mon intuition.

Le *Livre des voleurs*, le secret d'État, la tombe maudite, le vase redoutable, la tentative d'assassinat sur Sékhet... Tous ces éléments étaient-ils liés ?

— Saurais-tu reconnaître le mage ?

— Son visage était masqué.

— Sa voix ?

— Étouffée, déformée !

Le scribe fixa la porte obstruée.

— A-t-on exploré ce sépulcre ?

— Comment le saurais-je ? déplora le Vieux.

— Je dois pénétrer dans la tombe maudite.

— Setna !

— Je le dois, c'est une certitude. Un seul être peut m'y autoriser : mon père, le pharaon.

— C'est insensé, dangereux et...

— La tombe maudite parlera, je retrouverai Sékhet, nous identifierons ce mage et le combattrons.

Face à tant de détermination, le Vieux évita de protester ; d'ailleurs, existait-il un autre chemin vers la lumière ?

– 35 –

— Attachez-vous, ordonna le capitaine du *Cormoran*, ça va secouer !

Le *Cormoran* était un bateau rapide, tout neuf, assurant des liaisons efficaces entre Memphis et Pi-Ramsès.

L'un des passagers, un scribe du ministère de l'Économie, s'adressa au capitaine.

— Pourquoi cet ordre ? s'étonna-t-il ; le fleuve paraît calme.

— Tu sais peut-être lire, écrire et compter, mais moi, je connais le Nil ! Tu vois cette bande brillante, là-bas ? Pas normal. Je te le répète : ça va secouer. Alors, attache-toi, si tu ne veux pas passer par-dessus bord !

Offusqué, le haut fonctionnaire se plia à la consigne.

— Hé, toi ! ordonna-t-il à un marin ; fais un nœud solide !

— Pas le temps, débrouille-toi.

— C'est... c'est insensé ! Je suis un scribe du Trésor et...

Le marin avait déjà tourné le dos, occupé à ramener la voile en compagnie de ses collègues. Vu leur agitation, on redoutait un coup dur.

— Puis-je vous aider ? demanda un jeune homme au regard profond, à l'allure solide et au calme rassurant.

— Pourquoi pas ? Je n'ai pas l'habitude de manier ces cordes, et ces marins sont si désagréables ! Surtout, n'abîmez pas ma tunique : je viens de l'acheter, elle est à la dernière mode et m'a coûté une petite fortune. Je n'aurais pas dû la porter pendant ce voyage… Comment imaginer de telles perturbations ! D'ordinaire, il ne se passe rien.

Le jeune homme enroula le cordage autour de la taille du haut fonctionnaire et l'arrima au bastingage.

— J'étouffe presque !

— Désolé, la prudence s'impose.

— Vous êtes artisan ou paysan, je suppose ?

— Non, ritualiste au temple de Ptah, à Memphis.

— Ah… Donc, scribe ?

— En effet.

— Moi, je suis convié au ministère de l'Économie afin d'y présenter un rapport sur l'état des finances de la mairie de Memphis. Avec un peu de chance, je serai présenté au roi !

— Je vous le souhaite.

— Je m'appelle Abry et j'espère m'installer définitivement à Pi-Ramsès ; notre nouvelle capitale a tant de charme ! Aujourd'hui, c'est là qu'il faut vivre. Votre nom ?

— Setna.

Le jeune homme omit de préciser qu'il était le fils cadet de Ramsès et d'Iset la Belle.

Une bourrasque secoua le bateau, le haut fonctionnaire perdit l'équilibre, réussit à se tenir debout et se félicita d'être attaché.

Le *Cormoran* arrivait à proximité de la bande brillante occupant la largeur du fleuve. En dépit du ciel bleu de cette journée d'été, équipage et passagers devinrent la proie d'une tempête.

Le fleuve se souleva, formant un rideau d'une telle hauteur qu'il dépassa le sommet du mât. En s'abattant, il déchira la voile, assomma plusieurs passagers et emporta une dizaine de marins.

Trempé, le capitaine espéra que le pire était passé, mais il aperçut un tourbillon, qui formait un entonnoir au milieu du Nil, et ne cessait de grossir.

Une seule chance de survivre, l'éviter !

— Les rameurs, à vos postes ! hurla-t-il.

Œuvre de charpentiers d'élite, le bateau tenait. Hélas ! la manœuvre s'annonçait impossible. Même en déployant un maximum d'efforts, les rameurs ne prendraient pas de vitesse le tourbillon.

Setna se détacha et se rendit à la proue.

— Couche-toi, mon gars !

Le jeune scribe contempla le gouffre liquide où allait disparaître corps et biens le *Cormoran*.

Le phénomène n'avait rien de naturel. Le bateau était victime d'une attaque magique, parce que Setna se trouvait à son bord. Et lui seul pouvait sauver ses compagnons d'infortune.

Fermant les yeux, il songea aux papyrus de conjuration qu'il avait étudiés, et sa pensée le conduisit aux formules destinées à calmer les eaux du fleuve.

— Toi, le grand serpent des entrailles de la terre, caché au sein de la caverne d'où jaillit l'inondation, sois apaisé ! Pharaon te présentera des offrandes, le temps de l'harmonie reviendra. Par la présence de ce lion gardien, je m'en porte garant !

Setna éleva son amulette.

En prononçant ces paroles, il jouait son existence. Le grand serpent fécondateur, s'il acceptait, exigerait une juste rétribution. Et c'était au roi de la lui accorder.

Le tourbillon hésita. Toujours aussi bouillonnant, il laissait un passage sur sa droite.

— Forcez la cadence ! exigea le capitaine.

De l'amulette émanait une lumière qui donnait de la force ; le rythme s'accéléra et, frôlant la berge, le *Cormoran* contourna l'entonnoir mortel.

Le vent tomba, le courant s'atténua, mais les rameurs continuèrent à s'époumoner.

— C'est bon, les gars, on en est sortis ! constata le capitaine.

Épuisés, ses hommes se relâchèrent enfin, et le bateau courut sur son erre.

*

Le tourbillon disparut si vite que les témoins du drame se demandèrent s'ils n'avaient pas rêvé. Quand des membres de l'équipage repêchèrent les corps des noyés, les circonstances de la tragédie ressurgirent, instant après instant, et des costauds ne purent s'empêcher de trembler.

— Les dieux nous ont été favorables, estima le capitaine en dévisageant Setna, mais tu nous as bien aidés ! Serais-tu l'un des magiciens de la cour royale ?

— Non, un simple ritualiste.

— Crénom de crénom, on est sacrément protégés ! Si un jeune gars comme toi est capable d'apaiser un tourbillon, l'Égypte n'a vraiment rien à craindre !

Le capitaine offrit de la bière à l'ensemble des survivants. En piteux état, le *Cormoran* parviendrait néanmoins à gagner Pi-Ramsès, dotée d'un chantier naval qui procéderait aux réparations nécessaires.

— J'aimerais qu'on me détache, supplia la voix brisée du scribe du Trésor, dont la belle tunique était méconnaissable.

Setna lui rendit ce service.

— On dit que… vous nous avez sauvés !

— L'homme n'est qu'argile et paille, Dieu construit et déconstruit chaque jour.

— Tout de même, tout de même... Vos pouvoirs...

— Prions le génie du fleuve de nous accorder une crue favorable, conclut Setna qui retourna à la proue afin de goûter la beauté du paysage.

Des ibis et des pélicans survolèrent le bateau, des villageois étonnés le regardèrent passer.

Lorsque Pi-Ramsès apparut au loin, le cœur de Setna se serra en songeant aux épreuves à surmonter. Ignorant le sort de Sékhet, la femme qu'il aimait, il abordait un monde redoutable.

– 36 –

Obligée de fuir pour échapper à la mort, Sékhet peinait à recouvrer ses esprits. En pleine nuit, contrainte de s'éloigner de Memphis, selon la recommandation de son intendant qui lui avait sauvé la vie, elle se contentait de suivre Geb, son chien noir haut sur pattes. Lui semblait connaître la direction à prendre et imprimait une allure rapide, afin de s'éloigner au plus vite de la somptueuse villa où la jeune femme avait passé son enfance et son adolescence.

Impossible d'aller retrouver Setna, parti pour Pi-Ramsès, ni de se réfugier au temple de Sekhmet.

En vain, elle tentait de repousser une effroyable pensée : le commanditaire de l'assassinat n'était-il pas Kékou, son propre père ?

La nuit était remplie de bruits inquiétants, du feulement d'un chat sauvage jusqu'au hululement d'une chouette ; Sékhet crut entendre des pas précipités, mais Geb, à l'ouïe beaucoup plus fine, ne modifia pas son allure et continua à progresser vers une destination inconnue.

Non, impossible... Un père ne pouvait avoir donné l'ordre d'assassiner sa fille unique ! Même s'ils se trouvaient en profond désaccord, Kékou n'était pas devenu un monstre sans cœur. Certes, il avait commis des actes répréhensibles en s'égarant sur de mauvaises routes mais, selon ses dires, le vase scellé d'Osiris était perdu à jamais, hors de portée des humains, et cela valait mieux ainsi.

Sékhet ne devait-elle pas retourner chez elle et s'entretenir avec lui ? La mise en garde du Vieux lui revint en mémoire et la dissuada de courir ce risque.

D'abord, se calmer et réfléchir, d'autant que Geb ne rebroussait pas chemin.

Tout en l'épuisant, la marche l'apaisait ; en suivant son chien, la jeune femme traversa des champs, une palmeraie, longea le désert et atteignit une modeste demeure de paysans qu'elle ne tarda pas à reconnaître. Récemment, elle l'avait désenvoûtée en chassant un démon qui torturait ses habitants.

L'aube naissait ; la maîtresse de maison apparut, stupéfaite d'apercevoir la prêtresse.

— Vous... vous êtes notre médecin ?

— Navrée de vous importuner. Acceptez-vous de m'héberger un moment ?

— Entrez, je vous en prie ! Vous avez l'air à bout de forces.

— J'ai marché pendant des heures, des hommes me pourchassent.

— Vous pourchasser, vous ! Pour quelle raison ?

— Je crois... qu'ils veulent me tuer.

Bouleversée, la paysanne fit entrer cette visiteuse inattendue.

Une grande pièce au sol de terre battue, des nattes, un toit formé de troncs et de feuilles de palmier. Le mari prenait son petit déjeuner, composé de lait frais et de galettes chaudes, remplies de fèves et de feuilles de salade. On se levait tôt, afin de profiter de la relative fraîcheur des premières heures de la matinée.

Aussi étonné que son épouse, il n'apprécia pas d'être dérangé.

— Le démon a disparu, personne n'est malade.

— C'est moi qui suis en danger, déclara Sékhet, et je sollicite votre hospitalité.

— Nous sommes de simples paysans et vous, une grande dame ! Vous devez avoir des dizaines d'amis riches et bienveillants.

— À cet instant, je suis seule.

— Vous parlez de danger...

— Je tente d'échapper à des assassins.

L'homme se redressa.

— Des assassins ! Ça regarde la police !

— J'ai besoin de dormir un peu.

— Nous, on ne veut pas d'ennuis.

— Ça suffit, intervint la paysanne ; termine ton repas et occupe-toi des bêtes. La dame Sékhet va se reposer ; ensuite, nous discuterons.

— Je ne suis pas d'accord, je...

— Je suis la maîtresse de maison et j'accueille qui je veux sous mon toit !

Propriétaire de la bâtisse et de la moitié des champs, la paysanne ne supportait pas de voir son autorité remise en question ; connaissant son caractère, le mari préféra sortir en emportant sa galette. Bougonnant, il prit la direction de l'étable.

— Je suis désolée, s'excusa Sékhet ; je ne souhaitais pas semer le moindre trouble et...

— Ne vous souciez pas ! C'est un brave homme, mais ronchon et plaintif. Parfois, la vie nous malmène, et je n'oublie pas que vous nous avez épargné le pire en désenvoûtant gratuitement notre maison. Nous vous sommes redevables, et je suis heureuse de vous rendre un modeste service. Venez, je vous montre votre chambre.

La petite pièce carrée donnait sur la cour et la cuisine en plein air. Une natte, un meuble de rangement. Presque amusée, Sékhet songeait à ses luxueux appartements.

Soudain, ses nerfs tombèrent ; elle n'aurait pas eu la force de faire un pas supplémentaire.

Le chien noir se faufila et s'installa en boule sur la natte ; lui aussi avait besoin de repos, sans s'éloigner de sa maîtresse.

— Je dois m'occuper de mes enfants, indiqua la paysanne ; de vrais gloutons ! Je leur ordonnerai de rester silencieux.

— Vous avez toute ma gratitude.

— Dormez, dame Sékhet ; chez moi, vous êtes en sécurité.

La jeune femme s'allongea, évitant de déranger Geb, déjà assoupi.

Ni lit douillet, ni draps, ni coussins, ni coiffeuse, ni manucure, ni maquilleuse, ni servante empressée d'apporter des nourritures raffinées, ni salle d'eau, ni coffrets à parfums et à bijoux... Le changement d'existence était brutal, et le seul être à qui Sékhet pouvait se confier était son chien.

Rêve éveillé ou réalité ? En tâtant la natte rugueuse puis en s'allongeant, la jeune femme se rendit à l'évidence. Elle était devenue gênante, si gênante que l'on n'hésiterait pas à se débarrasser d'elle.

Pourquoi, sinon parce qu'elle détenait un secret concernant la survie de l'Égypte, à savoir le nom du voleur du vase scellé d'Osiris ? Et ce voleur était son père.

Sékhet ferma les yeux, tenta de chasser ce cauchemar et songea à son initiation aux mystères de la déesse-Lionne. Malgré son jeune âge et sa faible expérience, elle n'était pas une femme comme les autres ; la Supérieure des prêtresses ne lui avait-elle pas prédit que, si elle savait parler à la lionne redoutable, cette dernière lui répondrait ?

Interroger Sekhmet exigeait de la force. S'abandonnant au sommeil, la rescapée vit Setna aborder au port de la capitale, Pi-Ramsès ; il pensait à elle, elle pensait à lui. Quand se reverraient-ils, quand lui apprendrait-elle l'horrible vérité ? Unique moyen d'affronter les épreuves : demeurer unis au-delà du temps et de l'espace.

Doté d'une vigilance qui n'est jamais prise en défaut, ce gardien de l'invisible offre la vie à qui sait répondre à ses questions. (Chapelle de Tout-ânkh-Amon.)

À PARAÎTRE :

LES ENQUÊTES DE SETNA
** *Le Livre interdit*

Ramsès acceptera-t-il de recevoir Setna et, plus encore, de lui ouvrir la tombe maudite et de lui confier la vérité concernant le vase scellé d'Osiris ?

Où peut se réfugier Sékhet, saura-t-elle utiliser les pouvoirs que lui a conférés son initiation aux mystères de la déesse-Lionne ?

S'étant promis un amour éternel et indestructible, Setna et Sékhet se reverront-ils un jour ?

Kékou, le mage noir, père de Sékhet, voleur du vase d'Osiris progresse sur le chemin du Mal. Quel obstacle serait assez puissant pour l'entraver, sinon le *Livre de Thot* ?

ŒUVRES DE CHRISTIAN JACQ

Romans

L'Affaire Toutankhamon, Grasset (Prix des Maisons de la Presse).
Barrage sur le Nil, Robert Laffont.
Champollion l'Égyptien, XO Éditions.
Et l'Égypte s'éveilla, XO Éditions :
 * *La Guerre des clans.*
 ** *Le Feu du scorpion.*
 *** *L'Œil du faucon.*
L'Empire du pape blanc (épuisé).
Imhotep, l'inventeur de l'éternité. Le secret de la pyramide, XO Éditions.
Le Juge d'Égypte, Plon :
 * *La Pyramide assassinée.*
 ** *La Loi du désert.*
 *** *La Justice du vizir.*
Maître Hiram et le roi Salomon, XO Éditions.
Le Moine et le Vénérable, Robert Laffont.
Mozart, XO Éditions :
 * *Le Grand Magicien.*
 ** *Le Fils de la Lumière.*
 *** *Le Frère du Feu.*
 **** *L'Aimé d'Isis.*
Les Mystères d'Osiris, XO Éditions :
 * *L'Arbre de vie.*
 ** *La Conspiration du Mal.*
 *** *Le Chemin de feu.*
 **** *Le Grand Secret.*
Néfertiti, l'ombre du soleil, XO Éditions.
Le Pharaon noir, Robert Laffont.
La Pierre de Lumière, XO Éditions :
 * *Néfer le Silencieux.*
 ** *La Femme sage.*

**** Paneb l'Ardent.*
***** La Place de Vérité.*
Pour l'amour de Philae, Grasset.
Le Procès de la momie, XO Éditions.
La Prodigieuse Aventure du Lama Dancing (épuisé).
Que la vie est douce à l'ombre des palmes (nouvelles), XO Éditions.
Ramsès, Robert Laffont :
** Le Fils de la lumière.*
*** Le Temple des millions d'années.*
**** La Bataille de Kadesh.*
***** La Dame d'Abou Simbel.*
****** Sous l'acacia d'Occident.*
La Reine Liberté, XO Éditions :
** L'Empire des ténèbres.*
*** La Guerre des couronnes.*
**** L'Épée flamboyante.*
La Reine Soleil, Julliard (Prix Jeand'heurs du roman historique).
La Vengeance des dieux, XO Éditions :
** Chasse à l'homme.*
*** La divine adoratrice.*
Toutankhamon, l'ultime secret, XO Éditions.

Ouvrages pour la jeunesse

Contes et Légendes du temps des pyramides, Nathan.
La Fiancée du Nil, Magnard (Prix Saint-Affrique).
Les Pharaons racontés par..., Perrin.

Essais sur l'Égypte ancienne

L'Égypte ancienne au jour le jour, Perrin.
L'Égypte des grands pharaons, Perrin (couronné par l'Académie française).
Les Égyptiennes, portraits de femmes de l'Égypte pharaonique, Perrin.
Les Grands Sages de l'Égypte ancienne, Perrin.

Initiation à l'Égypte ancienne, MdV Éditeur.
La légende d'Isis et d'Osiris, ou la Victoire de l'amour sur la mort, MdV Éditeur.
Les Maximes de Ptah-Hotep. L'Enseignement d'un sage du temps des pyramides, MdV Éditeur.
Le Monde magique de l'Égypte ancienne, XO Éditions.
Néfertiti et Akhénaton, le couple solaire, Perrin.
Le Petit Champollion illustré, Robert Laffont.
Pouvoir et Sagesse selon l'Égypte ancienne, XO Éditions.
Préface à : *Champollion, grammaire égyptienne*, Actes Sud.
Préface et commentaires à : *Champollion, textes fondamentaux sur l'Égypte ancienne*, Éditions de la Maison de Vie.
Rubriques « Archéologie égyptienne », dans le *Grand Dictionnaire encyclopédique*, Larousse.
Rubriques « L'Égypte pharaonique », dans le *Dictionnaire critique de l'ésotérisme*, Presses universitaires de France.
La Sagesse vivante de l'Égypte ancienne, Robert Laffont.
La Tradition primordiale de l'Égypte ancienne selon les Textes des Pyramides, Grasset.
La Vallée des Rois, histoire et découverte d'une demeure d'éternité, Perrin.
Voyage dans l'Égypte des pharaons, Perrin.

Autres essais

La Franc-Maçonnerie, histoire et initiation, Robert Laffont.
Le Livre des Deux Chemins, symbolique du Puy-en-Velay (épuisé).
Le Message initiatique des cathédrales, MdV Éditeur.
Saint-Bertrand-de-Comminges (épuisé).
Saint-Just-de-Valcabrère (épuisé).
Trois Voyages initiatiques, XO Éditions :
* *La Confrérie des Sages du Nord.*
** *Le Message des constructeurs de cathédrales.*
*** *Le Voyage initiatique ou les Trente-trois Degrés de la Sagesse.*

Albums illustrés

L'Égypte vue du ciel (photographies de P. Plisson), XO-La Martinière.
Karnak et Louxor, Pygmalion.
Le Mystère des hiéroglyphes, la clé de l'Égypte ancienne, Favre.
La Vallée des Rois, images et mystères, Perrin.
Le Voyage aux pyramides (épuisé).
Le Voyage sur le Nil (épuisé).
Sur les pas de Champollion, l'Égypte des hiéroglyphes (épuisé).

Bandes dessinées

Les Mystères d'Osiris (Scénario : Maryse, J.-F. Charles ; Dessin :
Benoît Roels), Glénat-XO, trois volumes parus.
* *L'Arbre de Vie (I).*
** *L'Arbre de Vie (II).*
*** *La Conspiration du Mal (I).*
**** *La Conspiration du Mal (II).*

Romans policiers

Les enquêtes de l'inspecteur Higgins, J Éditions
1. *Le crime de la momie*
2. *L'Assassin de la Tour de Londres*
3. *Les Trois Crimes de Noël*
4. *Le profil de l'assassin*
5. *Meurtre sur invitation*
6. *Crime Academy*
7. *L'Énigme du pendu*
8. *Mourir pour Léonard*
9. *Qui a tué l'astrologue ?*
10. *Le Crime de Confucius*
11. *Le Secret de Mac Gordon*
12. *L'Assassin du pôle Nord*
13. *La Disparue de Cambridge*
14. *La Vengeance d'Anubis*
15. *L'Assassinat de Don Juan*

Composé par Nord Compo Multimédia
7, rue de Fives, 59650 Villeneuve-d'Ascq

Impression réalisée par

BRODARD & TAUPIN

La Flèche
en octobre 2014

Dépôt légal : novembre 2014
N° d'édition : 2770/01 – N° d'impression : 3007255
Imprimé en France